NARCOCUENTOS

DISCARD
BOOKMOBILE

NARCOCUENTOS

Alejandro
Almazán

Bernardo
Fernández, Bef

Rogelio
Guedea

Julián
Herbert

Antonio
Ortuño

Eduardo Antonio
Parra

Ricardo
Ravelo

Juan José
Rodríguez

Daniel Espartaco
Sánchez

Barcelona · México · Bogotá · Buenos Aires · Caracas
Madrid · Miami · Montevideo · Santiago de Chile

Narcocuentos
Primera edición, septiembre de 2014

Bradley 52, Anzures DF-11590, México
www.edicionesb.mx
editorial@edicionesb.com

ISBN: 978-607-480-641-0

Impreso en México | *Printed in Mexico*

PRÓLOGO

En estos últimos dos sexenios, México ha enfrentado un conflicto incontrolable en el que, trágicamente, hay más de cien mil decesos. El crimen organizado ha truncado nuestra libertad como civiles volviendo a nuestro país ingobernable. Lo ha colmado de terror en un clima de colisiones entre sicarios, policías y ejército, que se enfrenta con equipo y armas de alto calibre cuya adquisición podría proceder del estado. Nos han negado el acceso a la información, han constipado la libertad de prensa y lo más importante, han minado nuestra tranquilidad.

En la industria editorial se comercializan continuamente nuevas tendencias de las que se desprenden numerosos *best sellers.* La influencia del mercado extranjero en los libros que se venden en México es verdaderamente notable. En el caso de México, el narcotráfico ha creado una brecha editorial importante en los últimos diez años y, entre líneas de ficción y no ficción, se relata el panorama de la política mexicana y los carteles de la droga. El narco se ha filtrado en las letras y en las artes como medio alterno de expresión.

Por esta razón, EDICIONES B México decidió apostar por una antología de cuento que aborda estos temas. La selección de estos nueve autores no es ninguna coincidencia, cada uno ha aportado títulos importantes en diferentes casas editoriales mexicanas y extranjeras.

Agradezco a todos los involucrados, editores y autores que hicieron posible esta publicación.

YEANA GONZÁLEZ
Directora editorial

Anzures, agosto de 2014

El horóscopo dice

~

Antonio Ortuño

I

Mi padre no es querido en el barrio. Los policías asoman por la casa cada lunes o martes y lo miran beber cerveza en el minúsculo cuadrado de cemento que antes fue jardín. Los vecinos no tienen un enrejado que los guarde pero nosotros sí. Mi padre bebe encaramado en un banquito sobre la misma calle, delito perseguido por aquí con severidad digna de crímenes mayores. Pero los policías no pueden cruzar el enrejado y detenerlo: se conforman con mirarlo beber.

Nuestra relación tampoco es buena. Mi madre murió y yo debo hacer el trabajo de la casa, él está educado para no tocar una escoba y yo, en cambio, parece que nací para manejarla. Cuando termino de barrer, sacudir, trapear y lavar baños y cocina (la ropa, jueves y lunes) debo vestir el overol y caminar a la fábrica.

Fui una alumna tan destacada que conseguí empleo apenas presenté mi solicitud, pero no tan buena como para obtener una beca y seguir. Trabajo en una línea de ensamble de las tres de la tarde a las diez de la noche, junto con veinte como yo, indistinguibles. Vistas desde arriba, a través la ventanilla de la oficina de supervisión, debemos parecer incansables, las doscientas o trescientas que formamos las quince líneas fabriles simultáneas durante los diferentes turnos.

Otra de mis fortunas (no me gusta quejarme: le dejo eso a los periódicos) es que mi camino de regreso resulta simple. Once calles en línea recta separan la casa de la fábrica. Algunas de mis compañeras, en cambio, deben abordar dos o tres autobuses y caminar por brechas enlodadas antes de darse por libres.

Las calles cercanas a la fábrica fueron oscuras pero ahora las iluminan largas filas de lámparas municipales. El patrullaje es permanente: durante el trayecto de once calles hasta mi puerta es posible contar hasta seis camionetas de agentes, dos en los asientos delanteros y cuatro detrás, arracimados en la caja, piernas colgantes y rifles al hombro.

Los periódicos se quejan. Dicen que el barrio es una vergüenza y lo comparan con los suaves fraccionamientos del otro lado de la ciudad. Es cierto: aquí no hay bardas ni jardines. Nosotros tuvimos uno, diminuto, que ahora está sepultado bajo el cemento y que mi padre utiliza como estación de vigilancia mientras bebe. Mira pasar a la gente de día y por la noche, cuando nadie se atreve a salir, espera mi regreso. O eso creo. A veces no está cuando llego y sólo aparece un rato después, botella en mano.

Es cierto que existen peligros. Y no todos son mentiras de la prensa, como sostienen algunos. Muchas compañeras, no se ha podido saber con precisión cuántas, jamás vuelven a la fábrica. Algunas porque se cansan de la mala paga o la ruda labor, suponemos. Otras, porque las arrebatan de las calles cercanas. Dicho así, suena como esos artículos del periódico en los que se quejan de la aparición de otro y otro cuerpo. Los acompañan fotografías en donde las muertas parecen juguetes. Así debemos vernos todas: muñecas articuladas, acompañadas por la mascarilla de seguridad. A veces jugamos a ensamblar muñecas (acá la cabeza, los brazos, acá piernas y ropa) y a veces, como muñecas, somos desarmadas. No: la verdad es que ensamblamos circuitos y la línea de muñecas cerró hace años por falta de mercado. Pero recorté un artículo que lo asegura porque me gustó su forma de mentir. Como si tuviera algún sentido lo que sucede, como si fuéramos algo que pudiera ser descrito.

El artículo fue publicado hace año y medio, por la época en que el patrullaje era mayor y las desapariciones (y los hallazgos de cuerpos), más frecuentes. Ahora han disminuido, aunque sin desaparecer del todo. Como sucede con esas parejas que aún se meten mano de vez en cuando si él bebió o ella está aburrida. Eso leí en otro artículo, en una sección que en vez de cuerpos muertos luce los muy vivos de algunas mujeres hermosas. Lo que no soporto son los crucigramas. De todos modos no podría resolverlos, porque mi padre se precipita sobre cada periódico que llega a la casa. Los agota en minutos, sin tachones ni dudas. Como si los hubiera planeado, como si fuera capaz de que sus palabras cupieran en los cuadritos sin que importara su correspondencia con la verdad. Nunca me he detenido a revisárselos.

No suelo pasear, sino que camino veloz y sin distracciones. No volteo si alguno de los policías, arriba de sus camionetas, llama. Algunas mujeres de la fábrica se hacen sus amigas y novias (es decir, se meten con ellos a los callejones y se deslizan sus miembros a la boca) en busca de escolta y protección, pero no tengo intenciones de revolcarme con uno ni necesito que me sigan hasta mi puerta. A mi padre no le gustaría verme llegar con un policía.

Los periódicos se quejan de todo pero, como pasa con la gente habladora, llegan a referir cosas útiles. Por ejemplo, tengo acá un artículo en donde informan que la fábrica es un negocio tan malo que resulta inexplicable que su dueño lo mantenga funcionando. No ha generado beneficios en ocho años y reporta pérdidas en todos los estados financieros. Incluso los recaudadores de impuestos se han vuelto laxos en sus revisiones, porque el dueño es amigo de un diputado y en el gobierno saben que esto no da dinero. Lo dejan en paz.

Otro problema de este barrio «en situación extrema», leo, es que han muerto cinco policías en el año. El periódico, repitiendo los dichos del Ayuntamiento, propone que los agentes son abatidos por los mismos que secuestran y desechan los cuerpos de las compañeras. Pero cómo confiar en un diario que, luego de asestar esa información, secunda sin parpadear las imaginaciones del redactor encargado de los horóscopos. El mío, hoy, dice: *Te encontrarás inusualmente sintonizada con tu pareja, aprovecha para decirle eso que te incomoda.*

Mi pareja, que no existe, tendría que ser paciente: trabajo de lunes a sábado y en la casa no termina la labor. Y a mi padre la disgustaría verme llegar de la mano con alguien. Sobre todo, me parece, si fuera un policía y tuviera que meterme con él a los callejones y chuparlo.

Ahora me doy cuenta de que terminé diciéndole esto a nadie y en verdad me incomoda. Otro triunfo para el horóscopo.

II

Salgo, de noche, con otras cincuenta. Somos relevadas por cincuenta más, idénticas. A pocas les conocemos la cara, porque debemos utilizar redes para el cabello y mascarillas de seguridad y no resulta cómodo quitarlas y ponerlas en su sitio cada vez, así que acostumbramos dejarlas allí, tapiándonos la vista.

Hace tres días que el mismo agente, de pie en la esquina más alejada de la puerta, justo donde comienza el camino de regreso, me da las buenas noches. Es un tipo feo incluso entre los de su especie, pero procura mostrarse amable. Le sonrío sin responder; sé que por esa ventana mínima que abro, vuelve.

Sus compañeros, las piernas colgando en la caja de una camioneta, se ríen. «No se te hace ni con la gata más pinche», le dijeron el segundo día. No pienses, policía, que lo de la gata me ofende. La camioneta acompaña mi regreso pero se detiene ante la última esquina. El agente feo, de pie en la caja, me identifica como la hija del borracho del enrejado. Vuelven a burlarse. Debe haber pasado humillaciones peores: es realmente feo.

Una muchacha nueva, apenas mayor que las otras, llega a la fábrica. Dice conocerme. Vive en una de las apretadas casas al otro lado de mi calle: ha visto a mi padre beber en su banquito desde que era pequeña. Lee los periódicos tanto como yo, aunque evita las noticias sobre el barrio y se concentra en las que ofrecen explicaciones para los problemas de cama de hombres, mujeres y gatas. No puedo creer que esos hijos de puta me dijeran gata en la cara, sin parpadear.

Caminamos juntas de regreso, inevitablemente, como si la hubieran colocado en mi horario para obligarme a intimar. El policía feo parece interesarse por la vecina cuando la descubre a mi lado. Se sonríen. La animo, en las jornadas de ensamblaje, a sostenerle la mirada y acercarse. Me esperanza la idea de que se gusten.

Éxito: consigo librarme de mi compañera de ruta apenas se decide a conversar con el feo. Ella es linda, curiosamente linda, y ahora los compañeros del agente le gruñen, resentidos, en vez de burlarse. Yo no tengo ojos para ellos, sólo para las calles que recorro cada día y noche. No me preocupan. Nunca me colaré a un callejón para lamer, agradecida, a un protector.

Dice el horóscopo que debo cuidarme de murmuraciones. Y agrega, el diario, otro aviso: en vista de que el número de crímenes en el área ha disminuido hasta cincuentainueve punto dos por ciento, se reducirá en la misma proporción el patrullaje policial. Que me expliquen cómo le descontarán el decimal, amigos. Si pudiera calcularlo, me digo, quizá habría conseguido la beca. Y ahora escribiría los horóscopos en el diario.

Mi vecina aprovecha nuestra cercanía en la línea de ensamblado para narrarme sus manoseos y lameteos con el policía. Su fealdad parece entusiasmarla. La hace sentir deslumbrante. Incluso el periódico ha bendecido sus apetitos, porque en la sección con las fotografías de bellas desnudas recomiendan a las lectoras buscarse novios horrendos pero apasionados.

Lo siguiente no debió ocurrir. Ella pudo quedarse con su hombre y permitirme caminar sola, pero en vez de ello se citó con él más tarde, en su casa, para presentarlo ante su familia, y me escoltó por las calles. Todo era perfecto, serían felices, él iba a pedir su cambio a un centro comercial y se alejaría de los peligros. Así que no le gusta el barrio, dije. A nadie, vecina, a nadie. Pues a la gata le gusta, pienso.

Pero la camioneta sale detrás de una esquina plena de luz y se detiene allí, al final de la calle. Negra, sin placa ni insignias, los vidrios levantados. Nos detenemos y sus faros nos esperarán.

Ella debe imaginarse rota, en una zanja, alejada para siempre de su amante feo, su overol de trabajo y hasta de mí. A nadie le gusta pensar eso. Me toma de un brazo, tiembla. Yo no padecería este miedo si estuviera sola. No volveré a caminar con esta pendeja, me digo. De la parálisis nos salva la luz de una torreta. Por la calle avanza una patrulla. La camioneta, lenta como nube, se marcha.

~

Evito responderle al día siguiente, en la fábrica, cuando vuelve al tema. Le recomiendo que recurra a su novio y me deje volver sola, como sé, como me gusta. Se resiste. Dice, no sé con qué base, que juntas corremos menos peligro. Tengo que echarla de aquí. Tu puto novio me dijo gata y quiso que se la mamara. Chingas a tu madre tú y él igual. Ni me hables, pendeja. Todo eso y la espanto lo suficiente como para alejarla. Al fin.

Unos días después, veo a la distancia que le entregan una canasta de globos. Hay abrazos y algún aplauso. Se muda con el feo, se va de la fábrica. El alivio hace que las rodillas me tiemblen y mis muslos suden, como si la tibia orina de la niñez escurriera por ellos.

El periódico, ladino, calcula que el número de policías en el barrio podría haber bajado no por la disminución de crímenes, sino al revés: lo crímenes habrían bajado en la medida que lo hacía el número de policías. Me doy cuenta de que, asombrosamente, mi padre no concluyó el crucigrama esta vez. La receta del día: ensalada de pollo con salsa dulce. Luce deliciosa.

La camioneta viene, lenta, hacia mí. En el mejor lugar posible para un asalto, a mitad del camino entre la fábrica y la casa, en un cruce de calles en donde nadie vive y subsisten pocos negocios, cerrados todos a esta hora. Me rebasa pero se detiene, aguardándome. Como no avanzo (para qué precipitarse), bajan dos hombres. Visten ropas de calle. Son el feo y un compañero, uno que quizá se reía más que los otros de esta pinche gata. Sus expresiones perfectamente serias. Nada de diversión, aquí.

El rodillazo me dobla y la patada me derriba. No puedo oponerme, nada en los bolsillos de mi overol o mi pequeña mochila puede ser utilizado como defensa. Me jalan a la camioneta y debo pesarles en exceso, porque no es un movimiento limpio sino uno lastimoso y torpe el que hacemos en conjunto. Logro sujetarme de un poste para retenerlos. Es obvio que no saben hacer esto.

Pero, claro, el experto está aquí. No lo ven, no lo esperan, pero el crujido que escucho mientras tironean mis pies y me patean las costillas son sus botas y arma. Cierro los ojos porque me duele, porque no disfruto esto ni me divierte cuando sucede.

Los tiros no son estruendo; apenas ecos acallados por la carne.

Sudo. Me arde el estómago, mi boca se abre y jala aire, todo el aire. Me arrastro al poste y, contra él, consigo incorporarme. Náuseas. Me hicieron daño.

El feo tiene el pecho destrozado y un agujero como una mano entre las ingles. Su compañero luce un boquete negro en el ojo derecho y las entrañas se le escapan del vientre.

Tengo las fuerzas necesarias para escupirles a ambos, devolverles las patadas. El dolor en las costillas me perseguirá un mes. Escucho un jadeo. El feo vive aún, trata de escurrirse.

Mira a la pinche gata, le digo, mírala.

Vuelven a dispararle.

Cierro los ojos.

Una mano me toma del hombro, me obliga a volverme.

Vámonos, pues, a la verga, dice.

Sí, papá.

Me contempla con aspereza.

Volverán las patrullas.

Lo sigo por calles vacías. •

Z

~

Julián Herbert

PASO LA MAÑANA CONVERSANDO POR TELÉFONO con mi psicoanalista. Mi psicoanalista se llama Tadeo. Tadeo finge ser un juez imparcial pero lo noto a favor de que me deje morder. No podría ser de otro modo: a él empezaron a comérselo hace veinte semanas.

—El tema —dice— no es la ética. El tema es la soledad. Lo que a nivel existencial signifique para ti ir quedándote solo.

Casi me gana la risa: habla de existencialismo como si estuviera vivo. Es un buen chico de la UNAM. Cambio de tema para evitar burlarme de su estado.

—¿Por qué mejor no subes y platicamos cara a cara?... O al menos de boca a oreja.

—Estamos de boca a oreja.

—Quiero decir a través de la puerta.

—No, querido —responde en tono muy sobrio, con la tranquilidad hipócrita que le inculcaron sus estudios—. Me he impuesto la norma de no oler a mis pacientes.

—Salvo a Delfina —digo para incitarlo.

Tadeo solapa un breve silencio. Contesta:

—Delfina ya no tiene olor. Y ya no es mi paciente.

Vivo desde hace más de un año en una habitación del cuarto piso en el hotel Majestic, frente al zócalo de la capital. Una vez por semana, Tadeo viene y me psicoanaliza a domicilio. Al principio subía hasta mi cuarto, nos sentábamos cómodamente (él en un silloncito mal tapizado, yo sobre la cama) y charlábamos con el televisor encendido a volumen bajito para hacer ruido de fondo y paliar así los chasquidos carniceros del huésped de junto.

Tadeo fue el hombre más sensato que conocí hasta que Delfina (no la he visto: imagino que es guapa) lo sedujo y tomó de él a manera de tributo unos cuantos bocados del antebrazo izquierdo, infectándolo y arruinándome con ello (sin mala intención, eso me queda claro) seis meses de terapia.

Desde entonces sesionamos a través del insípido teléfono de la recepción.

—Humano —digo.

—¿Perdón?

—Querrás decir que Delfina ya no tiene olor humano. ¿No sería igual si marcaras desde tu consultorio?

—Humano, sí... Lo de venir hasta acá te lo juro que no lo hago por histeria. Es cuestión de profesionalismo. Además, ¿quién iba a pasarte la llamada? Acá abajo ya no queda ni un alma.

Habla de profesionalismo pero fornicaba con sus clientes y eventualmente se prendó de una de ellas y, por amor, se dejó transformar en una bestia. O no del todo bestia: un caníbal en tránsito. Se lo he dicho y lo admite. Agrega con tristeza:

—Quizá más bien yo debería ser tu paciente.

Es una frase de cortesía. Ambos sabemos que soy un mal tipo, un maestro de ceremonias egoísta y asustado incapaz de ayudar a nadie, por más que media humanidad esté mutando hacia la muerte o hacia la depresión.

Tadeo dice que el tema no es la ética sino la soledad. Lo cierto es que, últimamente, el tema es la comida. Salgo a buscarla de noche. Es cuando uno se topa con menos sonámbulos maduros: prefieren cazar de día, aunque su horario favorito es el crepúsculo.

(No hay datos precisos pero parece que el consumo prolongado de carne humana acaba por destrozarles —entre otras cosas— la retina: la luz intensa los hiere, y en medio de la oscuridad son como topos. Cuando quedan definitivamente ciegos se convierten en lo que llamo flores o plantas carnívoras: inválidos gruñendo y reptando por el piso. Siguen siendo peligrosos pero sedentarios a rajatabla, lo que vuelve relativamente sencillo el trámite de evitarlos.)

Al principio tenía miedo de salir. Me alimentaba con los restos caducos de la cocina del hotel: fiambres semipodridos, queso rancio, chocolate, consomé congelado, frutas secas... Con el paso de los meses, sin embargo, he cobrado confianza no solo para emprender excursiones en busca de víveres a los negocios vecinos, sino para tener algo que se asemeja a una vida social. Mi mayor éxito en este rubro ha sido el de fungir como maestro de ceremonias en los torneos de *skateboard* del callejón Eugenia.

Las aventuras alimentarias me proporcionan de todo: desde pastes pachuqueños hasta barritas de granola. Desde galones de agua purificada hasta gratuitas botellas de licor. El otro día encontré, detrás del mostrador de una antigua imprenta, una bolsita de mariguana y otra de pastillas. Las volví a colocar en su sitio: tengo prejuicios contra las sustancias ilegales.

Mientras nadie me mate, todo es mío. El país se ha vuelto un campo minado de dientes y muelas pero también una ganga. Gracias al fantasioso esfuerzo de algunos, cuya voluntad negacionista les impulsa a cumplir cada día con su deber, gozo de unos cuantos de los viejos servicios que solían hacer inconscientemente grato vivir entre los humanos. Por ejemplo, leche fresca en tetrabrik por las mañanas. El camión repartidor sigue surtiendo y pasando facturas al Seven que hay en Moneda y Callejón de Verdad pese a que la tienda fue saqueada cuatro veces en el transcurso de la última semana y ni siquiera tiene empleados: solamente ocasionales despachadores con cara de yonquis y espaldas mordisqueadas que te cobran los productos adquiridos en tanto desvalijan, estremeciéndose como ex boxeadores noqueados por el Parkinson, lo muy poco que sobra del establecimiento.

Hace algunas noches conseguí un botín espléndido: falafel y humus enmohecidos, casi un kilo de pistaches sazonados con ajo y chile de árbol, media ristra de paletas Coronado, una botella de Appleton Estate, un iPod que incluía —entre joyas medianamente oscuras— el cuarteto *De mi vida* de Smetana... Esperé hasta la puesta de sol del viernes para celebrar mi hallazgo. Decidí merendar al aire libre: me calé los audífonos y subí, armado de mi botín, al mirador del Majestic.

Cuando se lo cuento, Tadeo refuerza la línea de análisis con la que viene tratándome desde hace poco más de un mes.

—¿Has pensado por qué hiciste eso?

—Para celebrar, ya te lo dije.

—¿Y no crees que haya otra cosa? ¿Alguna veta oculta en tu necesidad de ponerte en peligro?... No hay peor hora para ti que la puesta de sol.

Intento cambiar nuevamente de tema pero él insiste:

—¿Cómo crees que se lo tomaron tus vecinos? ¿Alguno te siguió hasta la terraza?

—Un par de ellos subieron a olfatearme, claro. Sucede siempre. Pero lo hicieron con gentileza: se sentaron varias mesas más allá.

Salvo Lía, una judía perfectamente humana que vive en el segundo piso y no hace otra cosa que salir a pepenar DVDs piratas por el rumbo de Bellas Artes, todos mis vecinos del Majestic son bicarnales. Aunque todavía no se deciden a atacarme, me siguen a cualquier parte con una mirada desesperadamente cristalina, idéntica a la que antaño le permitía a uno reconocer por la calle a los empedernidos fumadores de piedra.

Tadeo machaca:

—¿Les dijiste algo?

Empieza a fastidiarme.

—No les presté mucha atención. Espiaba a los soldados.

—¿Cuáles soldados?

—Los que vienen cada tarde a recoger la bandera.

Todos los días es lo mismo: por la mañana, poco antes de que salga el sol, una cuadrilla militar desfila sobre la plancha del Zócalo desplegando una inmensa bandera verde, blanca y roja. La extienden por completo y luego, atada a una maciza soga, la izan sobre un mástil de metal y concreto que medirá tal vez unos 50 metros de altura. Tras esto, marcando el paso con la misma gallardía con la que arribaron, se van. La bandera, por su parte, permanece todo el día ondeando, majestuosa, sobre miles de cadáveres caminantes y cientos de bocas de plantas carnívoras apiñadas en enjambre alrededor de la Catedral Metropolitana. Por la tarde, poco antes del ocaso, los militares vuelven en busca de la gigantesca enseña: danzan su ballet marcial en cámara inversa, descolgando y plegando el lino de la patria con solemnidad exasperante. Parte de su ordenanza es acudir perfectamente armados. No es para menos: casi a diario experimentan la tediosa obligación de ejecutar a un par de bichos que, perdida por completo la sesera, atacan al pelotón sin respeto a su uniforme. Los soldados disparan casi siempre a bocajarro, directo sobre la sien: el plomo de 45 suena sordo contra las baldosas y las cabezas de los comecarne practican, con un clavado, El Último Slam de la ciudad de México. Aún así, rara vez los militares logran esquivar las tarascadas. Será por eso que, invariablemente, más de uno de ellos da traspiés o intenta ocultar sus muñones y reacomoda las vendas sucias que le cubren la carne descarapelada.

Casi todo el ejército padece alguna fase del contagio. Vaya usted a saber si esto se debe al patrullaje constante o a las noches de soledad en los cuarteles. Si bien es cierto que las mejores vacunas están destinadas a las fuerzas armadas, también lo es que a diario (o al menos eso dice CNN: los medios nacionales han desaparecido) surgen células de desertores al servicio de bandas de catagusanos. Así es como funciona cualquier cosa que funcione aún por aquí: corrompiéndolo todo hasta volverlo un alegórico mural de destrucción.

Tal corresponde a cualquier epidemia que se respete, la nuestra inició con un par de aislados casos, indistinguibles del furor que solía trasminar la hoy desaparecida (o, según se vea: omnipresente) nota roja. Primero, un albañil asesinó a su amante y compañero de trabajo en las inmediaciones de una obra negra. Las autoridades hallaron fragmentos de intestinos y corazón humanos asados en una lámina de tanque colocada a las brasas. Durante el proceso judicial, el detenido se suicidó. Un año más tarde, un joven poeta y catedrático de la BUAP fue enviado a la cárcel por conservar en refrigeración pequeños fragmentos de su novia muerta, mismos que usaba para masturbarse. Aunque nadie demostró ni que la hubiera asesinado ni que la había ingerido, los síntomas que el individuo presentó en años subsiguientes no dejan lugar a dudas: él era el ápice de una nueva realidad brotada en el linde, más allá de los reinos y las especies. Un virus que camina.

El primero en viajar a México y estudiar el fenómeno fue el científico inglés Frank Ryan, virólogo cuya teoría planteaba, a grandes rasgos, que el tremendo salto evolutivo de la humanidad no se debía al ADN vinculado a los mamíferos sino al gran porcentaje de información virósica inserto en nuestro genoma. Lo que en principio parecía una intuición polémica capaz de explicar enfermedades como el sida o el cáncer se convirtió en la Ley Evolutiva de Ryan o Clinamen de las Especies: toda entropía orgánica desembocará eventualmente en el triunfo de una entidad no viva ni muerta cuyas únicas mociones serán alimentarse y replicarse invadiendo organismos huéspedes.

Lo más atroz de nuestra epidemia, lo que la vuelve distinta de cualquier otra, es su irritante lentitud. Una vez contagiado, el organismo se define por dos características: primero, el ansia irrefrenable de alimentarse con carne humana —impulso que se acrecienta a través del olfato—; segundo, una paulatina esclerosis múltiple directamente proporcional a la cantidad de carne humana que se consuma. Es aquí donde la voluntad individual afecta los procesos, pues la capacidad de *administrar el consumo* y *reestructurar la gula* (ridículos mas exactos símiles socioeconómicos empleados a diario por el Secretario de Salud) definen a qué velocidad tendrá lugar la transformación.

No existe aún un catálogo de las etapas en que evoluciona el ente. Yo inventé en mis ratos de ocio (que son muchos) cuatro categorías que pongo a consideración de los futuros reinos carnicovegetales:

El caníbal en tránsito, es decir la etapa en la que se halla mi psicoanalista, puede durar desde una semana hasta cerca de un año, dependiendo de la salud previa, los hábitos alimenticios y el uso de drogas experimentales («retrovirales y antipsicóticos han demostrado ser útiles», me dijo el otro día Tadeo con emoción doctoral). En esta fase el infectado pierde muchas de sus funciones vitales, lo que le permite mantenerse comiendo poco. Su interacción con el entorno no cambia demasiado —por ejemplo: pertenecen a este gremio el Presidente de la República y todos sus prominentes detractores, los líderes de los partidos de oposición, muchos doctores y maestros y casi todos los empresarios que continúan en activo. El único rasgo que los distingue de alguien como yo es que presentan síndrome de abstinencia —náuseas, mareos, hiperventilación— en presencia del aroma de verdaderos humanos.

La bestia bicarnal: es el que ya casi no puede resistir la tentación de comerte pero, avergonzado, te aborda con sobreactuados buenos modales de mexicano clásico: «¿Me permite acompañarlo, caballero?», o algo así. Son quienes más asco dan. Los llamo bicarnales porque, para paliar el ansia, se autoengañan comiendo kilos y kilos de vaca, cerdo o borrego. Los he encontrado en minisúpers en ruinas devorando hamburguesas congeladas directamente de la caja. Incluso espié una vez, desde la terraza del Majestic, el modo en que un grupo de ellos sacrificaba sobre la plancha del Zócalo a un toro de lidia (que Dios sabe de dónde habían sacado) para luego consumirlo crudo. Los llamo también yonquis o catagusanos: su principal actividad posthumana es la compraventa de cadáveres. Son dueños y señores de lo que alguna vez fuera el Centro Histórico de la capital.

El sonámbulo maduro camina un poco torcido y está siempre sucio de sangre por tanto comer cualquier cosa viva que se cruce en su camino. Está ciego y es débil y no emite palabra alguna y, más allá de su aterrador aspecto, resulta una criatura deprimente. No es muy interesante. Hay pocos: su condición es la más breve del proceso infeccioso.

La flor, por último, es el aspecto inmortal de lo que todos seremos pronto: nacientes vegetales comehombres en perpetuo y pestilente estado de putrefacción. Conforme la esclerosis va dominándolos, los sonámbulos maduros buscan, con un resabio de instinto, un lugar donde caerse (no) muertos. Aunque de vez en cuando he visto plantas carnívoras solitarias, casi siempre te las topas en grupo, como si la voluntad gregaria fuera el último rasgo humano en morir. En una ocasión vi mantenerse en pie a uno de estos cadáveres. Pero por lo común yacen en el suelo, ya sea en la calle o encerrados en habitaciones, o bien sobre bancas, jardineras, fuentes, toldos de coches... Más que moverse, sufren de espasmos. Reptan uno sobre el otro, mordiéndose mutuamente, mordiendo cualquier cosa que circule junto a ellos, abriendo y cerrando sin cesar la mandíbula (clac clac clac clac clac) de día y de noche, con un rumor de teletipo en manicomio que al principio no me dejaba dormir y después me producía amargas pesadillas y ahora me sirve de canción de cuna.

El máximo jardín de carneflores que existe creció espontáneamente alrededor de la Catedral Metropolitana, a un costado del zócalo, frente al mirador de mi hotel... ¿Cómo podría ser de otro modo en un país católico? No solo continúan llegando a toda hora los enfermos terminales de la epidemia: también arriba a diario la cantidad casi industrial de alimento que estos requieren. Cada mañana se estacionan autobuses sobre la plancha del Zócalo. De las entrañas de los vehículos descienden grupos de peregrinos fervientes que ruegan a Dios por la salvación del mundo y, como prueba de fe, intentan atravesar el huerto de dientes que los separa de las puertas del templo. Nadie llega nunca ni a la mitad del atrio: son devorados en cosa de minutos. Eso mantiene el jardín bien regado de sangre. Sería el más peculiar atractivo turístico si México no fuera el cementerio que es.

Al final de la sesión, Tadeo pregunta:

—¿Vas a venir a instalarlo?... Estoy en la Condesa, muy cerca de Ámsterdam, a cuadra y media de Insurgentes por Iztaccíhuatl. Te deja el metro Chilpancingo. Es en el sexto piso. No hay pierde.

Lo pienso un poco.

—No tienes ni que verme —insiste él—. Lo hacemos todo por el interfón.

—No es por ti. Es que nunca voy tan lejos.

—Ándale, hombre. No pasa nada. Yo salgo a diario y no pasa nada.

—Sí, pero tú tienes coche.

—Tómalo como un ejercicio de socialización enmarcado por la terapia: de un modo u otro tienes que seguir viviendo en nuestro mundo.

Al final me convence y quedamos en que el próximo lunes (hoy es jueves) acudiré a su domicilio para instalar una señal de televisión vía satélite.

—Con una condición —aclaro—: nada de que hacemos todo por el interfón. Quiero verte. Quiero conocer tu casa. Y, por supuesto, a Delfina.

—¿Para qué? —pregunta desconfiado.

—Yo qué sé... Para saber qué clase de belleza es necesaria para que uno elija convertirse en un bistec.

Ahora es Tadeo quien duda. Pero 142 canales de televisión y 50 estaciones de música más 10 señales *hard* porno y un *password* universal de Pay Per View, todo gratis, es la clase de soborno que nadie, ni siquiera un psicoanalista lacaniano y caníbal, podría resistir.

—Va —dice.

Cuelga.

Me considero dueño de este reino pero alguna vez, allá en el norte, fui dueño de otro: gerente regional de mantenimiento de una de las empresas de televisión satelital más importantes del mundo. Durante años acumulé en un cajón de mi escritorio toda clase de llaves, números de serie, chips, tarjetas, códigos. Emigré al D.F. en compañía de tales herramientas y juguetes tras los primeros lances de la epidemia. Estas pequeñas coyunturas talismanes representan el *multitasking* tesoro que de vez en cuando uso en calidad de moneda: con ellas apuesto, por ejemplo, en el casino de los patineteros del callejón de Eugenia, donde jóvenes eskatos saltan a la manera de las antiguas monstertrucks sobre filas de yacimientos de cuerpos que son flores caníbales. Los asistentes apostamos a ver quién vuela más lejos sobre su patineta. Algunos, los más diestros, se salvan. La mayoría termina con las pantorrillas hecha una albóndiga a fuerza de mordidas virulentas. Yo no me quejo. A veces gano, en ese hipódromo de cadáveres e imbéciles, suficiente dinero como para financiarme una puta sin dientes. Y, cuando me va más mal, pago mis apuestas haciendo instalaciones residenciales en algún edificio del barrio: lo peor que el día puede depararme es trepar sin arnés a veinte metros sobre el nivel de la carne descompuesta.

Todos quieren seguir haciendo *zapping*: surfear sobre una ola de 140 señales mientras son rebanados por el amor de su vida. Todos. Inclusive los muertos. •

El cobrador

~

ROGELIO GUEDEA

HABÍA PASADO LA BOCINA ANUNCIANDO LA MUERTE de don Epifanio González, a las 6 de la mañana exactas, por la empedrada de la presa, a espaldas de su ventana, pero esta vez no la escuchó. Se levantó tarde, por eso, y con un sabor rancio en la boca, como si hubiera tragado mogotes de azufre un día antes, se metió en unos pantalones amarillentos, la camisa mordisqueada del cuello, los zapatos —eso sí— bien boleados, se relamió el pelo por detrás del nacimiento de la frente, y fue a la cocina. Ahí, sentado a la mesa (lo que habría dado porque viviera su madre), removió una cucharada de café en un tarro de agua fría, y la bebió, desganado, toda entera, de un sorbo. Miró por la ventana las porquerizas de la tía Leonila, gallinas picoteando los desperdicios de maíz, los patos dándose de bruces contra el culo de los puercos, un nopal, la alambrada enmohecida, y, más allá, el plantío de tabaco, extenso, próspero, con los hombres rendidos ante tal verdor, su pago mensual, sus prestaciones, que él ya no gozaba, y sintió, no podría negarlo, resentimiento, envidia de la más mala, había sido injusto, desalmado el capataz, ¿de dónde le vendría la malquerencia?, entonces ladeaba la cabeza, volvía a meter las narices en el tarro frío, toqueteando con el dedo gordo de la mano derecha el tablón de madera carcomida y blandengue, que era su mesa. Otro día habría encontrado sobre el pretil el cuenco de tortillas humeantes, una lisa tatemada, abierta en canal, el café dulce, los frijoles tibios, y se habría sentado con la camisa abierta por el pecho, héroe, basto, triunfal, de vivir su madre. Tenía una foto de ella y su padre, sin embargo, en la pared, colgada de un clavito, parados en la esquina de la gasolinera de los Góngora, con el ceño fruncido por el sol, un brazo grueso atravesando la cintura de su madre. Se acercó al retrato y lo observó unos segundos, sintió tristeza de no tener nada, emborronados incluso los recuerdos, los hermanos idos, sólo la tía Leonila invitándolo a comer o trayéndole una ollita con costillas de cerdo doradas y salsa verde, rábanos, para la cena. Gracias, tía, solía decir. No hay de qué, mijo. Se encajó el sombrero, echó hacia un lado la lona con la que cubría su bicicleta, lecherona y vieja, y se echó a pedalear: los pájaros atenazados a los cables de luz, por la avenida, el ruido de los tractores yendo hacia el Tuchi, por la empedrada, incluso Venturín, el de la florería, descargando el camión, ¿se habría caído de la cama? Buenas, Rober. Buenas, Venturín. Quiubo, Rober. Quiubo, Sebas. Y atravesaba al otro lado del camellón (polvoriento, sepia, como el sol antes de arrodillarse tras la cuchilla del cerro) en la bicicleta, pedaleando sin prisa, para no perder el equilibrio cuando levantaba la mano —y la ceja— al decir buenos días. Paraba un instante afuera del Bancomer, único banco del pueblo, con la vista hacia el mercado, la enrejada y las plantas de hierbabuena de la fonda Sonia, el carretón de camarones secos, el triciclo de cacahuates y elotes, desvencijado, para no levantar sospecha, hasta que salía, apresurada, su güerita, le daba un beso, tibio, fugaz, en la comisura derecha, apretaba, fuerte, su mano, y volvía a su puesto de cajera, y entonces retomaba el rumbo, pidiendo a Dios que no fueran a mudarla a otra sucursal, Santiago o San Blas, qué haría. Frente al despacho, contra el filo de la banqueta, recargó el pedal de su armatoste, asegurándose que no fuera a correrse la cadena, todavía con el sabor, en la boca, de su güerita, a quien seguro vería en el velorio de don Epifanio, aunque fuera de lejos, y de su perfume, tan suave, como sus manos. Subió la cortina de fierro, y entró: un escritorio de madera, el ventilador de una sola aspa, la máquina de escribir verde, las facturas deslizadas por debajo de la silla atrancada. Las contó una por una, repantigado en la silla de cuero, vio los nombres y lo supo: ¿hasta cuándo?, se preguntó, metió el bonche en la cartuchera y se arrojó a la calle. El recorrido lo tenía en la palma de la mano, con tinta negra, un mapa de calles y rostros, un prólogo: soy el cobrador de Funeraria Ríos, S. A. de C. V., Roberto Fonseca, buenos días (o tardes, según), y luego, de la cartuchera, extraía la factura, un círculo rojo, grueso, señalaba nombre y deuda, otro abonos, fecha, uno más. Un rostro alargado, lánguido, detrás de la cortinilla de la puerta, abierta solo en sus bastillas, y una promesa de pago, mañana o pasadomañana, lo hacían volver, esperanzado, a su rodaje. Gracias a usted, dijo. Volvió la espalda, entornó las piernas, duro era el asiento de la bicicleta, y resolló. Méndigos ladrones, oyó que dijo la mujer, al correr la cortinilla, poner el pestillo y atrancar la ventana con un palo de escoba atravesado, allá al fondo. Ni chistó. Subió de nuevo a su bicicleta, con la cartuchera debajo del sobaco izquierdo, la mano cruzando su pecho, como saludando al lábaro patrio. Lo hacía sudar mares semejante itinerario, el mapa se le emborronaba en la mano, incluso. Pedaleos y pedaleos, infructuosos, agotadores: lo que sería de él de haber seguido en la tabacalera, su puesto en la contaduría, lo sábados de raya, largas filas de huicholes descalzados afuera del emporio, y él, parado en el umbral de la puerta, entregando el envoltorio con la semana dentro, en la mañana fresca. Se intrincaba en suposiciones, entonces, figuraciones de si esto o lo otro, y a veces se convencía de que fue puro malojo lo del capataz, lo incordiaba que fuera más hábil con los números, que el patrón le hubiera augurado futuro promisorio, a él, que no tenía prosapia, ¿cómo podía ser eso?, dígaselo a los Góngora, pensaba, entonces, él, dígaselo para no tener que ver a su güerita a escondidas, siempre a la sombra, y, en cambio, llevarla a la plaza, invitarle un helado, pasearse del brazo de ella por el atrio de la iglesia, los domingos, dígaselo a los Góngora. Giró a la derecha por la empedrada de la abarrotera, saludó a Jamit y volvió a su despacho. Dejó caer la cartuchera sobre el escritorio y la observó un instante, como intentando convencerse de su destino, fijamente. Introdujo una mano en su bolsillo y encontró, al fondo, unas monedas, una o dos, nada más, que removió dentro. ¿Y si trepaba con los gringos? Había escuchado que salía, ya, del pueblo, a las nueve o diez de la noche, una corrida a Tijuana, de ahí cruzar la frontera, un brinco apenas, y luego el paraíso. Bajó la cortina de fierro, puso los candados en los extremos, y fue a la Terminal, contigua al Cuadro. Ese, Rober. Ese, Chimirris, saludó, antes de brincar el bordo. Dentro, ya, se sintió forastero. Levantó la vista, luego de rondar los ojos por la sala de espera, y buscó: Tepic tanto, Acaponeta tanto, Guadalajara tanto, Tijuana, ¿tanto? Ni siquiera tuvo que preguntar nada a la boletera, metida su cabeza en el televisorcito, como todas las doñas del bordo, viendo la telenovela. Volvió a montar la bicicleta y fue donde Sonia, a la fonda, a un costado del mercado, prefería evitar las preguntas y cuchicheos, intromisiones inoportunas: que si era cierto que fue por amor que Pepe se mató, que si no había sido el capataz quien se vengó, porque andaba de amores con su hermana ¿no, Rober?, no quería dar más explicaciones, recordarse bajando la empinada del arroyo, sacando del muladar de bolsas de plástico, cáscaras de plátano y desechos el cuerpo de su amigo, ¿cómo la gente no tiene discreción, doña?, preguntaba a Sonia, la de la fonda, los últimos días. Entonces le cayó el veinte: vendría de ahí la malojera del capataz, no lo podía ver ni en pintura, los amigos de su enemigo eran sus enemigos también, pensaría, por eso lo hostigó con el gerente, lo que le habrá contado, una mentira tras otra, seguro, como un montón de zafra. ¿Más tortilla, Rober?, eran a mano, grandes, recién salidas del comal encalado, sí, dijo, eso fue, y siguió pensando. Recordó que a veces traía a su madre aquí, antes de que enfermara, se sentaba en el borde, con un pie en tierra, para no marearse, luego ya no pudo levantarse de la cama, ni eso, se le salía un hilo de saliva por la comisura, espesa, sin poder evitarlo, lo que habría vivido de haber conservado el seguro que le daba la tabacalera, su tratamiento, médico especialista, enfermeras, todos dejaron de venir, nomás, un día. Terminó la de cerdo dorada de un bocado, otro tragote a la Coca Cola, se limpió, la jeta, con el antebrazo, mala costumbre, y dijo: ¿me lo anota, Sonia? La doña lo miró a los ojos, no era ya la primera vez, ¿qué le habría pasado a este pobre hombre?, puntual era antes, y hasta propina dejaba, para ella y para la tortillera, cinco, diez pesos, se iba, acompasado el paso, por el corredor lateral del mercado, con un palillo ensartado en una encía, dichoso. Sí, dijo la doña, le daba pena Rober, siempre tan bien fajado, solícito, y reservado. Gracias, dijo, y apretó los puños, nunca se imaginó ver su nombre anotado en esa libretita, a un lado de la tarja, embadurnada de masa: *Rober... deve: 100 pesos.* Salió de la fonda y montó, de nuevo, en su bicicleta. Fue a la funeraria. Al fondo, sentados en un asiento de camioneta, recargados contra la pared, su patrón, gordo, descamisado. Levantó la piocha al verlo entrar, hizo una seña a su mujer: que se fuera. La mujer, una hilacha, se disolvió en el aire. O comes tú o como yo, dijo, incorporándose, el patrón, al verlo entrar. Mira, y recorrió con la vista las cajas apiladas hasta el techo, los creman o los echan en fosas comunes, viles costalillos de ixtle, como los que usan los de allá —y señaló con la punta de la nariz la oficina de cobro de la tabacalera—, bien talegudos o, de plano, muertos de hambre, pero esto ya no, qué más quisiera que ayudarte. Lo entiendo, Santos. El gordo salió y entró con la bicicleta, que recargó sobre dos ataúdes, uno pequeño, con un cristalito en la tapa, seguro que para verle la carita al niño. ¿Sabe dónde velarán a don Epifanio?, lo preguntó más bien para no mostrar indignación, estaba medio aturdido, medio fantasma, la noticia le cayó como un garrotazo en la nuca, qué haría ahora. El gordo ni se inmutó en contestarle, se apoltronó en el mueble, alcanzó un *TVynovelas* y, apático, se puso a hojearlo. ¿No me habrá escuchado?, salió de la funeraria y se fue andando por la sombra, de este lado de la acera, cruzó el camellón, luego la empedrada, prefirió no pasar por el Bancomer, sin bicicleta su güerita se atolondraría, imaginaría lo peor, prefirió sortearlo, dio vuelta por detrás de la dulcería. La puerta crujió al abrirse, miró las bisagras, enmohecidas, y sacudió la hoja, intentando ablandarla. Entró y se tiró en un echadero, a las afueras, en el patio trasero, y, sin darse cuenta, se quedó dormido. El ruido de la puerta de golpe, varias horas después, lo cimbró. Abrió los ojos en la oscuridad. Escuchó pasos dentro de su casa, algo arrastrándose. Con cautela, poniendo un brazo por delante, tanteando los objetos que lo entornaban, llegó hasta la cocina, encendió la luz, vio, a un lado del pretil, el bulto. Apenas iba a acercarse, una mano le tapó la boca, sintió los huesos astillados, arañados por dentro, pero alcanzó a reconocerlo: era el capataz. La voz detrás de su oreja le ordenó que retrocediera, lo hizo dar tres pasos y sentarse, luego lo soltó. Entonces pudo respirar, pasarse, tres veces, por la cara, la palma de la mano, aclarándose la vista. Volteó y, como si no lo conociera, preguntó: ¿quién es? Un chiva. Había tronado una negociación, explicó el intruso, por su culpa perdió dinero y cargamento, su jefe, una tonelada o dos de cocaína, que no alcanzó, siquiera, a bajar la sierra, aparte mordía la mano que le daba de comer , ¿y yo qué tengo que ver en esto?, preguntó, nadie sospecharía de él, podrían, incluso, agarrarlo con las manos en la masa y, ni aun así, lo creerían, le pidió sólo unos días, después lo sacarían del pueblo, lo echarían, muerto a tiros, por el voladero, sacó un fajo de billetes y lo colocó sobre la mesa, para ti. Sacó otro, éste más delgado, y dijo: para que trague. Pero no le des tanto, luego no hay forma de bajarlos de la camioneta. Lo palmeó en el hombro: gracias, Rober. No dijo nada, esperó a que se fuera, lo despidió en la puerta entreabierta, y volvió a la cocina. El capataz seguía tirado, con la boca amordazada, las muñecas por la espalda, amarradas con cinta canela, los tobillos anudados con una soguilla, también. Lo vio con ojos que suplicaban. Las venas le saltaban del cuello, ahogadas. Intentaba modular una sílaba, entrecortar una frase, al menos: imposible. Fue al patio y cerró la ventana, atrancó la puerta, por dentro, con una viga. También cerró la ventana que daba al patio de la tía Leonila, lo mismo hizo con la de ingreso, pensarían, seguro, que se había ido, sin trabajo qué más haría aquí, la casa quedó, de súbito, en penumbras, y tuvo que valerse de la luz de un encendedor para no tropezar contra la saliente de la dala, el refrigerador, una mecedora. Cogió el fajo de billetes y, lentamente, se lo echó a la bolsa, se pasó la lengua por el labio superior, de un lado a otro, y, con la otra mano, mantuvo viva la flama, que proyectaba su perfil contra el muro, la pintura abombada y roñosa. Sólo podía ver el rostro del capataz, sesgado, deforme, oscilante, por la flama. Le habría dicho, sin entremés, que don Epifanio no estaría, ya, para escuchar su testimonio, ni, tampoco, su madre ser testigo, ni Pepe, pero que, le habría dicho, no era para tanto, él sólo quería trabajar, ser puntual en sus horas de oficina, atento con el gerente, estaba ahorrando para casarse con la hija de los Góngora, curar a su madre, poder ir a visitar, algún día, a su hermana, allá, a Mexicali, nada más, es verdad que tenía aspiraciones, pero ninguna que levantara maledicencias o rencores, esta vez arrimó un poco más la silla hacia el bulto, todavía con la llama viva en una mano, apoyó el codo en el tablón raído, casi toca con la punta de los pies su costado, pero tú, Herminio, le habría dicho, te entercaste, fuiste y lo pateaste todo, malparido, no pudo contenerse, los nervios del antebrazo le castañeteaban de rabia, malparido, lo dijo otra vez, rechinando los dientes, triturándolos, con las quijadas trabadas, y echó, esta vez, un espumarajo sobre la cara del capataz, que lo miró sin brillo, y con pasmo. Se incorporó y caminó en círculo, con la llama todavía viva, la alzó como buscando algo (en el trinchador, el pretil, la alacena), y luego la hizo descender, otra vez, sobre el rostro del capataz, sus ojos desmantelados, hijo de perra. Cogió la soga colgada en el respaldo de la mecedora, la hizo arrastrar por el suelo de un extremo, hacia adelante y hacia atrás, la dejó caer sobre el pescuezo del capataz y, pausadamente, se sentó en la silla, atrancada la respiración, arcillosa, en la garganta. El capataz intentó liberarse de la mordaza, echar a un lado la soga, la cinta canela reventarla, con movimientos bruscos, sacudidas, peor era nada, pero fue inútil. El que entra ahí no sale, pensó, apuntando la flama en dirección al buche del soplón, que se retorcía. Todavía lo miró, serenamente, de arriba abajo, sus botas enlodadas, sucio el pantalón de mezclilla, la camisa desgarrada de una manga, recogió su brazo, como el que lo prepara para un duro golpe, apagó, poco a poco, la llama, y tuvo lástima. •

Los amigos del Patrón

~

Alejandro Almazán

ENTRABA MÁS LUZ EN LA OTRA CÁRCEL QUE ME tenían le dije al Toto pa'sacarle plática pero el bato no me oyó O a lo mejor sí y se hizo pendejo En veces así es conmigo Dice que no me para el hocico que lo enfado y que pa'cabarla de chingar mi voz está bien pinchi fea Hablas como si trajeras piedras atoradas en el pescuezo se burla de mí el cabrón Pinchi Toto si lo dejaran salir de su celda desde cuándo lo habría quebrado Ni modo que qué Al Patrón se le respeta pendejo ¡Pum! ¡pum! a la verga Nosotros ya no ocupamos la luz me jaló la voz del Viejón igualito a cuando las doñas jalan a los plebes de las patillas El Viejón es el otro compa con el que me hablo acá adentro Está de mi forje y si no fuera por el frío jijo de la chingada que'ace aquí todavía se miraría recio Yo soy más de calor me dice el Viejón cada vez que se enferma de los bronquios Todo el pedo con la luz son los pinchis focos oí que de pronto el Toto se metió a la conversación

Sabe por qué le cambia el temperamento cuando oye que el Viejón y yo nos echamos la platicada Como que se encela aunque tampoco creo que sea puto A mí se me hace que es pura competencia con el Viejón allá afuera tuvieron sus pleitos y las gentes como nosotros olvidamos pero perdonar perdonar ni madres Pinchi Toto le contesté Los focos tu chingada madre a ti lo que te tiene a oscuras son las cabronas cataratas que no quieren operarte Y el Viejón que nomás anda viendo cómo echarle carrilla le preguntó bien cizañoso que con cuál de todas las voces que escucha íbamos a platicar Se me olvidó decirles que el Toto está bien tumbado Sí oye voces Según me contó un día son como tres o cuatro batos los que le hablan al mismo tiempo pero nomás uno es el que no lo deja dormir Yo no se lo he dicho pa'no agüitarlo pero ese bato tiene insonio o como se diga esa chingadera por el coraje que le trái a su vieja A la vieja nomás esto no lo cuenten se la está cogiendo el Canicón el pinchi gordo del otro cártel que siempre supo dónde pegarle al Toto El Canicón nunca le perdonó que lo haya tratado como el pendejo que es un día cuando todos los capos nos juntamos en Monterrey ¿Mande? Sí sí a eso voy Es que las pastillas que me dan pa'la ansiedá me trái cruzados los cables El Toto les decía se puso fiera después del que el Viejón le preguntó por las voces ¡Hoy van a hablar con la voz de su chingada madre! Nos contestó el Toto aunque la verdá no me acuerdo si eso nos respondió Pa'l caso es igual al Toto todo le encabrona Yo ya le dije que un día le va a dar una embolia o cáncer por guardar el resentimiento Y ya también le dije que su bronca es porque de plebe no le enseñaron a superar las frustraciones Pero yo les estaba contando que aquella noche el Toto se encabronó ¿O era de día? Chale No les digo Es más orita que me acuerdo el Toto no se encabronó O sí pero no fue nada grave Estoy casi seguro porque le dije que no mamara que más jodido estaba yo ora que el cártel me había dejado abajo Mi pinchi abogado ni siquiera fue a verme cuando me trajeron pa'cá le dije con el coraje que le platiqué la primera vez y que segurito ya se le había olvidado al Toto Deja que llore la nena lo provocó el Viejón y el Toto le mentó la madre A la sorda los callé Ái vienen los guardias Shat yur fukin máud! Pinchis custodios prepotentes Nos gritan como si fuéramos sus putas nos revisan el culo a cada rato nos despiertan con agua fría y con pinchi perro ladrándonos en la jeta nos mandan a la verga con los trescientos minutos que tenemos al mes pa'blar por teléfono no nos sacan al sol y pa'todo hay que responderles ¡yes ser! Yo aprendí a no gritoniarles con los primeros chingazos que me acomodaron El Toto no A él le han puesto cada madriza que en veces he pensado que el bato le salta a la libre no por valiente sino porque prefiere que lo maten a seguir encerrado volviéndose loco No Qué pendejo Esto de los guardias tampoco pasó No dieron ningún rondín a esas horas Lo inventé pa'tumbar el rollo que se traían el Toto y el Viejón Agüevo que así fue porque enseguidita salí con la pregunta de siempre la de por qué chingados nos orgullecían más nuestras derrotas que nuestros triunfos Sí agüevo eso pasó porque la única manera de que convivan el Toto y el Viejón es hablando de aquellos tiempos cuando todos nos decían Patrón Qué chilo era el encabronado poder del dinero ¿A poco, no? Esa pinchi sensación te'ace miarte de gusto Yo el Patrón le hablé a Dios de tú y pendejié a todos los presidentes gringos con los que me senté a negociar Le di sus cachetadones al wey ése que nos gobernó el que todavía ha de usar sus botas de puto y hasta me di el lujo de encañonar al jefe del ejército nomás pa'que le quedara claro quién era el de los güevos País al que iba, país en el que me recibía una comitiva de esas que les dicen diplomáticas Puro paro que seamos los más buscados A los gringos a los del Fondo Monetario Internacional y a hasta a los cabrones de la ONU les gustan nuestras drogas y más nuestro dinero Eso es lo que no han entendido las gentes: un patrón nomás es otro socio en el narco y el que tiene que pagar con la cárcel o con la vida las consecuencias ¿Ustedes saben por qué empezó la guerra? Empezó porque el gobierno gringo ocupaba venderle armas a México y ocupaba encarecer las drogas Empezó porque los del pan y los del pri y los del perredé y toda la bola de cabrones que me pongan enfrente son capaces de vender a su madre y yo se las compré Empezó porque los guachos y los federales quisieron peliar sí pero por su tajada Ni modo que qué Y empezó porque los patrones somos unos jijos de la chingada que no tenemos llenadera Así de sencillo estuvo ese jale Pero yo les estaba diciendo que el Toto el Viejón y yo nos pusimos a hablar de los chilos tiempos ¿Cuál fue tu mejor cogida? Me preguntó el Toto como a la mitad de la plática Su pregunta no me sacó de onda porque el bato dice mucha babosada y porque la verdá me acordé de esa autoridá encabronada cuando le abría las piernas a las morritas y se las metía ¿Cómo les explico? Es una sensación bien chila que orita nomás puedo compararla con las veces que ponía la pistola en el hocico a los contras Yo solito habré matado a tres mil Pero ¿en qué estaba? ¡Ah sí! La primera fue mi mejor cogida le contesté al Toto ¿Y sabes por qué? Porque la morra La mía fue cuando me cogí a la esposa del presidente me interrumpió el Toto La que hacía telenovelas No mames se la reviré Me consta que la morra era bien ninfómona o como se diga esa madre pero tú estabas preso en Almoloya cuando ella se cogió a medio país Además a ti ni se te para Toto me siguió la cura el Viejón Aprende a mí que me cogí a más de diez mil viejas Pinchi bato hocicón le contestó el Toto Con esa cantidad o se te cae la chola o te da un infarto La chola es la que voy a cortarte con todo y bolas apenas te dejen salir de tu celda ¿Saben? Les tumbé otra vez el rollo que se traían Orita me acordé de mi boda en la sierra a la que llegaron los de la DEA a tragar como puercos ¿se acuerdan que todo mundo andaba ái? Y verdá de Dios que no les exagero Fueron gobernadores alcaldes generales artistas deportistas empresarios raza de Los Pinos federales obispos y hasta escritores Todos esos cabrones me chuparon las verijas mientras estuve arriba Pero les decía que ese día de la boda los pinchis Tucanes se rifaron al cien Mi prieta hasta lloró cuando cantaron nuestro corrido Si mal no me acuerdo en un periódico dijeron que fue como la boda de la Lucerito nomás que con pura amapola de fondo ¿Usté cuántas veces se casó? Le pregunté al Viejón Así bien bien por la iglesia nomás tres ¿Y a cuántas quiso? A una a la primera cogíamos como perros calientes pero además me quiso cuando yo todavía no figuraba cuando apenas empaquetaba mota El Viejón se agarró de ái y comenzó a hablar pura babosada del amor El Toto no se la dejó pasar y se puso a cantar una de José José ¿O era del Chalino? Era ésa que dice Cómo te extraño mi amor por qué será me falta todo en la vida si no estás Qué pendejo Esa la canta el Leo Dan ¿no? Cantas peor que la Chavela Vargas oí al Viejón decirle al Toto Por un rato creí que el Toto iba a contestarle pero lo que hizo fue ponerse acá nostalgicón Pinchi bipolar le dije ¿Y ora qué tráis? La única mujer que no te abandona es tu madre me contestó así de la nada y yo nomás le seguí el rollo Simón Toto le dije Simón la jefa es la jefa ojalá nos dure toda la vida No voy a contarles todo lo que habló porque ni yo me acuerdo Es más no sé si lo que dijo el Toto lo dije yo De lo que no hay falla es que hablamos de la iglesia que le construyó a su amá y que ella se la regaló al pueblo Ah y también aprovechó pa'presumirnos que si él no se hubiera escapado de Puente Grande Centroamérica empezaría en Tijuana Hablar de su fuga lo hace salivar En veces he pensado que hasta se ha de masturbar cuando nos la platica Si con él también van a hablar pregúntenle Segurito les va a contar de las viejas que iban a visitarlo al penal de las veces que lo dejaban salir de los fiestones que hacía allá adentro de todos los cabrones que corrompió en el gobierno para adueñarse del penal pero primero les va a decir de inicio que a los gringos les convenía tenerlo más afuera que adentro Así igualito y con aires del Chapo Guzmán el Toto empezó esa vez que les estoy platicando Siempre inicias diciendo lo mismo se quejó el Viejón del Toto Nunca le echas imaginación te pareces al morrillo ése que está afuera de la capilla de Malverde diciéndoles el mismo verbo a los turistas Al menos mi fuga hasta que me agarraron de nuevo la conmemoraban los periodistas

Pendejo se quejó el Viejón Si a conmemoraciones vamos ¿de quién crees que fue idea de que mataran a Colosio? De Salinas le contestó el Toto De seguro también eres de los que crees que el Señor de los Cielos está muerto ni a los aztecas se les moría la gente por una operación de nariz No quise contradecir al Viejón pa'no'cer más grande el pleito pero alguna vez me contó que él mismo fomentaba sus leyendas Mandaba a'cer corridos donde decía que había librado operativos con escapes bien acá con túneles y boludos que pa'ustedes son helicópteros Y ya que saqué al tema lo de las leyendas quisiera desmentir una que me concierne a mí no me agarraron culiando ni fue en la mañanita como dicen Fue en la noche y estaba nadando bien a toda madre A eso me gustaba ir a Mazatlán a desestresarme como quien dice Además eran días de carnaval Pero ¿en qué me quedé? ¡Ah simón! Como otra vez miré que los batos se estaban poniendo fieras les alcé la voz Nomás somos nosotros los que estamos en estas tres pinchis celdas y todavía se la pasan chingando La verdá no sé si yo también me puse fiera Como que ái traigo una laguna Puta madre lo que es la memoria De lo que no hay falla es que el Toto nos contó de su tío Chuy uno de esos viejones de güevos gordos que ya no hay hoy hay puro narco que se culea a la hora que lo arrestan Pero les decía que el Toto nos dijo que su tío había sido el que le enseñó el negocio Lo dijo con el mismo orgullo con el que nos ha platicado que mató por la espalda a don Chuy pa'quedarse con el cártel Yo a diferencia del Toto no ascendí nomás como dicen los Tigres en el corrido que me compusieron contando costales y burlando las redes de los federales También llegué a ser el

Patrón porque uno soy una verga parada y dos porque salí bueno pa'innovar Metí un chingo de kilos de perico en latas de chiles en plátanos de plástico construí túneles en la frontera pero lo más chilo fue la catapulta ¿Y usté cómo se quedó con el cártel? Le pregunté al Viejón pa'que no sintiera que lo había abierto de la plática Como debe de'acerse con pura traición El Viejón no quiso contarnos pero el bato puso a todos los capos que no se aliniaron con los gringos Era un pinchi dedo Y al modo lo tiraron del trono con una traición El cártel lo entregó ¿O cómo chingaos explican que ninguno de sus pistoleros estaban con él cuando lo apañaron? Al Viejón lo dediaron Ni modo que qué Yo creo que por eso el Viejón me respeta porque yo no traicioné a nadie A los amigos que maté ellos solitos se lo buscaron ¿a poco no? Pero ya me desvié otra vez ¿Dónde me quedé? ¡Ah sí! ¿Patrón? Oí al Toto ¡Eu! le contesté por inercia ¿Y tú qué te metías? ¿Qué? ¿Que qué te metías? pinchi sordo Le iba a decir que todo pero luego me entra la malilla nomás de acordarme del perico Pura mota le dije pa'que no se me trepara la ansiedá ¿O estaré inventado otra vez? No no creo Es más ora que me acuerdo el Toto propuso que nos fumáramos un gallito imaginario Sí eso pasó Y yo por más que le eché talento no aluciné ni madre El Toto sí Ese wey decía que me oía mejor que la yerba era la fuente de la vida porque da sed hambre y sueño Creo que también me contó que un doctor le había recomendado la mota pa'el mal que trái en su colon Me acuerdo eso sí de que el Viejón nomás escuchó mota y se encabronó El bato tiene la idea de que la cagamos Dice que por andar matándonos descuidamos el campo y dejamos que los gringos a pura computadora alteraran las colitas de borrego El día que un sordo fumó de esa madre y oyó ese día le hablé al ex presidente el wey ese de las botas de puto y le ordené que propusiera legalizar la mariguana en México Todo eso nos dijo el Viejón y yo me acordé del día en que los gringos ya ni siquiera quisieron comprarnos la Acapulco Golden Lo bueno es que con el perico la chiva y la meta todavía se la pelan Yo no se los he dicho porque supongo que por eso están aquí pero yo fui el rey de la meta Pura cagada les vendí a los gringos y a los mexicanos Si yo no sé por qué la gente me quería Eso de que no permitía secuestros es pura falsedad Yo a mi gente la dejé hacer todo Los viejos narcos se acabaron con Rafita Los que le seguimos rompimos todas las reglas Ni modo que qué ¿Mande? Agüevo Toda la meta la traje desde China Así fue como los pinchis chinos conquistaron el mercado Eso de que su mano de obra barata los puso en la economía es puro salivero Con un barco lleno de esa madre que llegaba a Michoacán con eso tragaban los millones de chinos que hay en el planeta Por eso Michoacán es un cagadero Porque todos quieren apañar el negocio de la meta Que no se haga pendejo el gobierno Pero ¿en qué estábamos? ¡Ah simón! El Viejón comenzó a contarme que a pura fuerza fáctica así dijo el bato les quitó a los colombianos el negocio del perico ¿Y por qué no me ayudó con los chinos? le reclamé a la sorda Porque esos cabrones están bien organizados y nosotros somos puro egoísmo te apuesto que tendríamos vueltos locos a los gringos si camináramos juntos ¿Imagínate un día sin drogas aquí en Estados Unidos? Me cái de madre que Obama nos llama por teléfono y con tal de mandarle perico nos regresa California Algo así dijo el Viejón la verdá tampoco puedo acordarme si fue tal palabra o fue otra. De lo que no hay falla es que después de eso oí hasta Jaguai nos andan dando y hasta ái me cayó el veinte de que al Toto lo habíamos desafanado de la conversación El Toto dijo Jaguai porque hasta donde sé allá mandó a sus hijos a vivir Me consta que son su adoración Cuando el Toto todavía estaba libre le mataron a uno en Guadalajara Yo no fui a verlo pero mi compadre sí y él fue el que me contó que el Toto se puso bien mal Lloraba como cuando Pepe el Toro carga al Torito todo tatemado me contó mi compadre y yo desde ese día compadezco al Toto ¿Mande? Ah pensé que me hablaban Es que la neta luego ya no sé qué rollo ¿Qué? ¿Los Zetas? De esos cabrones y de los Templarios no me gusta hablar pero aquella vez que les estoy platicando el Viejón dijo que eran unos pinchis mugrosos rateros ¿Ustedes sabían que a esos weyes los financió el PRI? Sé tanta mierda que pa'qué les cuento En una de ésas les pega la diabetis Mejor déjenme platicarles que el Toto el Viejón y yo esa vez que les estoy contando hablamos hasta bien tarde Nos acordamos de cuando nuestras viejas iban a las escuelas pa'recoger a nuestros hijos acá bien placosón con las blindadas y los pistoleros Nos acordamos de lo jijos de la chingada que fuimos con nuestros pistoleros ni siquiera les pagábamos los teníamos muertos de hambre Ni modo que qué El negocio del narco sólo conviene si eres capo Hablamos de los cantantes que mandamos matar y de todas las morras que las hicimos reinas en los carnavales Platicamos de los pinchis empresarios que lavaron nuestro dinero y de los que se quedaron con él Luego en un momento el Toto nos dijo que alguien nos estaba oyendo que abusados que nos iban a matar Este morro foquió pensé y no le hicimos caso Él solito se tumbó el rollo después de un rato y volvió a contarnos pura babosada Yo no quería que se acabara la plática la verdá pero de pronto llegaron unos weyes y me amarraron Así igualito a como estoy orita ¿Y mis derechos humanos qué? ¿Verdá que no soy agresivo? Ah pos pa'estos cabrones sí Dicen que todo está en mi cabeza que ustedes ni siquiera me oyen pero no le hace Yo a todos ustedes sí los oigo siempre que me acuerdo que entraba más luz en la otra cárcel que me tenían •

El trozo más grande

~

BERNARDO FERNÁNDEZ, BEF

...veinte minutos en el pasado...

1.0

—Chingada madre —gruñó el capitán Tapia, al negarse su encendedor a escupir una llama que prendiera el Del Prado. Arrojó el zippo contra la pared. Encabronado, el policía preguntó al chico:

—¿Tú fumas?

Aquel rostro de conejo le devolvió una mirada confundida. Tras unos segundos que parecieron minutos, el adolescente contestó que no. Tapia se incorporó, balbuceando obscenidades, y salió del cubículo para regresar con el tabaco encendido como muestra del éxito de la excursión. Aspiró profundamente, sostuvo un momento y luego dejó escapar el humo, dando un ambiente más lóbrego a su oficina (como si lo necesitara). Clavó sus ojos en el muchacho que tenía enfrente, quien no terminaba de aparentar si lo que tenía era frío, miedo, cansancio o todo a la vez.

—Te oigo —dijo Tapia, con una suavidad desacostumbrada en un judicial.

—¿Tiene café? —contestó el joven, quizá demasiado rápido

—¿Cómo?

—Café.

Desconcertado, el capitán se levantó de nuevo y ordenó a González que le llevara dos tazas; una vez servido, no pudo evitar sorprenderse por la cantidad de azúcar que su interlocutor disolvía en la bebida. Aparentemente, la ingestión del café calmó al muchacho, los temblores desaparecieron y, por fin, comenzó a hablar.

Me llamo Grillo. Bueno, ese es mi *nickname* en la red. Por Pepe Grillo, el de Pinocho, así me decían en el camión de la escuela. Soy un hacker, un ladrón de información. Y lo digo con orgullo, aunque robar no sea ninguna conducta ejemplar. Pero los hackers somos la élite de la inteligencia criminal. Es cierto, robar una cartera en el metro requiere de habilidad y entrenamiento, pero jamás de la inteligencia que se necesita para romper un ICE. ¿Cómo? son los sistemas de seguridad de las redes de información. Perdón, se me olvidaba que usted no es experto. ¿Nunca ha usado una computadora? Claro, el trabajo no lo requiere, la acción es más que nada en las calles... ¿Qué dice? No, no, mire, imagínese que las redes de información son circuitos cerrados para el manejo de información de tal o cual corporación, ¿no? Entonces, a cada una de esas redes tiene acceso un grupo específico de personas. Normalmente las redes se comunican hacia el exterior, la información puede salir o solicitarse desde dentro, pero no se puede acceder ni entrar desde el exterior, están protegidas por sistemas de seguridad. Los hackers nos dedicamos a romper esos sistemas de seguridad. Robo o manipulación ilegal de información.

¿Yo? Pues empecé como todos, o casi todos. Mis papás no tenían tiempo de atenderme, bastante tenían con reconstruir sus vidas después del divorcio. Así que la mejor solución fue ponerme enfrente una computadora que hiciera las veces de maestra, niñera y mamá.

El equipo no estaba mal para comenzar, era una... bueno, no importa, lo que le diga no significará nada para usted, son especificaciones técnicas, pero el hecho es que nadie sospechó que yo habría de sacarle tanto provecho a mi máquina. Pronto la primera computadora me quedó chica, y ante mis berrinches mi padre tuvo que desembolsar para una nueva. Desde luego, junto a su antecesora se veía como un Ferrari al lado de un Volkswagen. Pero lo maravilloso es que este juguete traía incluido algo que habría de cambiarme la vida para siempre: mi primer módem. Un módem es... Ah, ¿sí los conoce? Qué bien, ya nos vamos entendiendo. Pero usted, capitán, no puede imaginar lo que sentí al descubrir a los catorce años la Red. Ahí estaba, magnífica, tan grande que no existe ser humano que la haya recorrido toda (ni lo habrá). Todo el saber humano atrapado en un espacio que no existe, todos los conocimientos viajando por cables de fibra óptica, por señales de micro ondas. Me la imaginaba como un pulpo de tentáculos infinitos que se extiende por todo el planeta; suponía que de alguna manera, si lo tocabas en algún punto, su delicado sistema nervioso lo detectaría. No podías pasar desapercibido, y sin embargo, un organismo tan grande no puede ocuparse de cada uno de sus nervios. Ahí estaba mi ventaja...

La red inició como una célula cancerosa, originada con fines militares, liberada para el uso civil y que se reproduce frenéticamente, a un ritmo que escapa a la comprensión humana, y que se ha volteado contra sus creadores: en lugar de ser instrumento de control absoluto se ha transformado en un modelo funcional de anarquía.

Desde luego, según pasaba el tiempo, cada computadora se volvía obsoleta a un paso más rápido que el modelo anterior. He tenido hasta seis máquinas en un año: algo debía pagar mi padre por abandonarme a una nodriza que lleva microchips en lugar de intestinos.

Y entonces sucedió.

Encontré en la WWW una página de pornografía *snuff*, aquella en la que los modelos son torturados hasta morir mientras la cámara lo capta, imperturbable. Ya había visto muchas páginas de porno, no era tan difícil, contando además con la ventaja de que mis papás entienden de computadoras tanto como un cromagnon de mecánica automotriz. Pero aquella página no era de acceso libre. Era necesario mandar una cuota de doscientos dólares para pertenecer al club snuff, y así obtener la clave de acceso a las fotos. Ni madres, pensé, y me dediqué a romper el programa de protección. Me costó tiempo, tuve que emplear horas y horas en deducir la lógica del programador, y en crear un programita que daba millones de claves por segundo de manera metódica, hasta encontrar la correcta. Me costó trabajo, y fue la combinación de todas mis mañas y conocimientos de máquinas las que me permitieron romper el candado virtual y entrar a la galería snuff. En realidad, las fotos eran una mierda, lo que realmente me interesaba era la posibilidad de romper sistemas más complejos. Busqué más páginas que requirieran pagar cuotas para obtener claves de acceso y me dediqué pacientemente a romper los códigos de seguridad. Al principio hubo éxito en algunos y fracasos en muchos. Pero lo importante es que estaba en la ruta de algo gordo, yo sabía que esta nueva habilidad tenía que servirme de algo. Como puede ver, no soy lo que se dice un atleta, y para cualquier otra cosa que no sea usar un teclado y un ratón, mis manos son instrumentos torpes, si no inútiles.

Y si antes no me relacionaba demasiado con mis compañeros de clase, después de descubrir este nuevo placer menos me interesaba establecer contacto con esos imbéciles. Ahora más que nunca, el resto de la humanidad me parecía como vacas. A través de la red contacté con otros hackers, así como con crackers, que son los que se dedican a romper sistemas de seguridad de software y modificarlo y copiarlo; y phreaks, que roban costoso tiempo telefónico a las compañías de telecomunicaciones. ¿Tendrá más café? Es que no puedo vivir sin mi taza... Gracias. ¿Por qué tanta azúcar? Mmmmh, no sé, me gusta. ¿En qué estábamos? Ah, claro... Pues bien, lo que tenía que suceder pasó, y llegó el día en que decidí romper el sistema de seguridad de mi escuela. No por otra cosa, yo llevaba buenas calificaciones, sino para ver que podía hacerlo. Fue mucho más fácil que entrar a la *homepage* de Playboy. ¿Por qué? Pues porque los sistemas de seguridad resultaron muy ineficientes y primitivos. Una mierda. Lo único que hice fue cambiar las calificaciones de un cabrón que me cagaba. Lo mandé a ocho extraordinarios, y no tuvo manera de reclamar: los archivos decían que estaba reprobado, y las computadoras no mienten. Créame, capitán, el silicón es adictivo. En poco tiempo me vi atacando redes de tiendas, bancos, compañías telefónicas y oficinas de gobierno. En breve, parecía que no existía sistema que se me resistiera.

Y entonces hice la primera peor cosa que puede hacer un hacker: comencé a fanfarronear, tras lo cual vino la segunda: alguien me hizo caso.

Tapia escuchaba pacientemente, la vista fija en el rostro de su interlocutor; las gesticulaciones nerviosas, el manoteo incesante, la voz aguda, esa manera de hablar tan rápido provocaban fascinación en el tira, quien no podía creer que existiera alguien que encajara tan bien en el adjetivo nerd. *Dentro de la oficina, la corpulencia del capitán contrastaba violentamente con el cuerpo menudo y frágil de ese «güerito pecoso», como lo había anunciado González cuando llegó a buscar a Tapia. Quizá por eso, el chico se sobresaltó cuando la grave voz de su interlocutor interrumpió el monólogo:*

—Muy bien, mi chavo, todo esto está muy interesante, pero lo mío son los narcos. ¿Qué tengo que ver con tu historia?

A eso voy, capitán. Casi no podía creer que en tan poco tiempo me hubiera convertido en un hacker tan cabrón.

Así que fanfarroneaba en los *newsgroups*... Ah, perdón, un newsgroup es algo así como un pizarrón de corcho virtual en el que uno pega sus mensajes, y a quien le interesa los lee.

Este era uno poco conocido en el que los hackers intercambiaban información y datos. La comunidad digital es bastante especial, no es fácil convertirse en miembro. Leerán lo que les escribes, y si no te equivocas te aceptarán como uno de ellos, pero si cometes alguna pendejada, pueden desde ignorarte hasta flamear tu computadora. Sí, ¡claro que pueden hacerlo! Yo mismo lo sé hacer. Por eso, al aceptarme en el newsgroup sin ningún problema, supe que era uno de ellos, y quizá algo más: uno de los mejores, pues descubrí que había roto sistemas de seguridad a los que auténticos hackers profesionales no habían hecho ni cosquillas. Desde luego no me lo callé. Estúpidamente enumeré todas las corporaciones a las que había entrado. Mi currículum era bastante impresionante, llamaba la atención. Así fue como me conoció el Paisano.

Una onda fría recorrió la espalda del capitán Tapia. En sus ojos se encendió un brillo que no pasó desapercibido para Grillo. ¡El Paisano! Uno de los malandros más buscados al norte del país. Miembro renegado de un cártel sinaloense, había decidido apartarse de la mancuerna autoridades-narcos. ¿Por qué repartir el dinero a manos llenas si podía quedárselo para sí y la gente que trabajaba con él? Despreciando la protección ofrecida por altos funcionarios que aceptaban otros capos, se había convertido en un outsider *que se movía al margen de las bien organizadas redes del narcotráfico; tanto la policía como sus ex socios deseaban verlo fuera del negocio.*

A diferencia de sus colegas, en su mayoría hoteleros y restauranteros, el Paisano lavaba su dinero en negocios de computadoras y desarrollo de software. Nada tonto, se había metido en el mundo del silicón, lo que le daba una gran ventaja sobre la policía y los demás narcos.

El Paisano era un excéntrico entre los de su gremio, quienes habían ido refinándose al paso de varias generaciones de capos educadas en las mejores universidades europeas y norteamericanas: en vez de vestir lujosos trajes italianos y aparentar en la medida de lo posible ser un hombre de negocios, no dejaba de esforzarse por parecer una mezcla de estrella de rock, raver y cowboy.

Autoproclamado como el Tecnonarco, *Paisano había entrado de lleno en la industria de las* designer drugs, *substancias sintetizadas en sofisticados laboratorios por un ejército de ingenieros bioquímicos y visionarios gurús del ácido. Su última creación, el ZAP, era la pasta de moda en las discotecas europeas. Un psicotrópico orgullosamente mexicano, el ZAP, producto relativamente inocuo y no adictivo, se producía a un costo ridículo y era vendido a precios exorbitantes.*

Pero no era esta droga lo que ocupaba a las autoridades, sino el Rancio, un subproducto de su fabricación que había invadido las calles. Adictivo desde la primera dosis y mortal en poco tiempo, el Rancio se producía en una proporción de diez a uno respecto al ZAP, y resultó ser mejor negocio, por volumen de ventas, para el Paisano.

Tapia era un policía limpio, o al menos todo lo limpio que puede ser un judicial. Atrapar al Paisano sería un triunfo para su corporación. Pero para un oficial deshonesto, entregar la cabeza del Tecnonarco representaría una jugosa comisión por parte de algún capo enemigo. Por donde se viera, la captura del Paisano era algo caliente, y Grillo tenía información.

—A ver, muchacho —dijo el capitán, al tiempo que sacaba otro Del Prado, ignorando la ausencia de cerillos—, esto comienza a interesarme. ¡González, más café!

Lo sabía. Sabía que le iba a incumbir. Yo ignoraba quién era el Paisano, por eso, cuando en el newsgroup encontré un mensaje dirigido a mí, en el que me retaba a romper su sistema de seguridad, me extrañó que usara un nickname tan absurdo. Quiero decir, si todos utilizaban nicks como Nexus-6, Raven, EvilDude o Friedhead, ¿qué clase de persona podía usar uno tan... *naco* como Paisano?

Y aunque el sentido común indicaba que no hiciera caso del reto, la curiosidad me ganó. Fui a su sistema, y me encontré con una auténtica joya, un sistema de seguridad impenetrable, el ICE perfecto. Seguramente lo había diseñado un hacker, porque había agotado todas las posibilidades que se le ocurrirían a cualquiera de nosotros para romper el código de seguridad. Sin embargo, y aunque me pasé seis días frente al monitor, sin dormir y comiendo sólo pizza, logré romperlo a través de una rendija diminuta que el programador olvidó cerrar. Aquella era la red más impresionante con la que me había topado. Ni siquiera las corporaciones más grandes cuyos sistemas había violado tenían redes tan sofisticadas. De una cosa me di cuenta al entrar ahí, y era que, sin importar cuáles eran los negocios del Paisano, eran algo cabrón, y que a diferencia de otros sistemas a los que había entrado y salido sin dejar rastro alguno, no había manera de abandonar esta red sin ser rastreado.

Me tenía agarrado por los güevos.

Empecé a angustiarme. Ahí tenía toda esa información, que seguramente valía mucho, y había roto el software de seguridad más complejo con el que me había topado, todo para caer en una trampa. Estaba acabado. Entonces encontré un mensaje dirigido a mí. Decía:

¡FELICIDADES, GRILLO!
LO LOGRASTE
TODOS HABÍAN FALLADO
TE ESPERO PARA CELEBRAR
EL MARTES A LAS 11:00
EN EL BAR TURÍN
NO FALTES
TU AMIGUITO, EL PAISANO

Nunca había ido a un bar. Pero mi «amiguito» sabía dónde encontrarme. Evidentemente era un tipo muy poderoso. Era la clase de invitaciones a las que uno no se puede negar.

Llegué puntual. No era el tugurio que había imaginado, al contrario, flotaba un ambiente absolutamente *cool*. Todos ahí parecían salidos de *The Face*... ¿Que qué es eso? Una revista inglesa. ¿Nunca la ha leído? Ah, no sabe inglés... Bueno, el caso es que llegué a la barra y pedí una Coca Cola. En cuanto me la dieron, sentí una mano pesada caer sobre mi hombro, y escuché una voz con acento norteño decir:

—Tú debes ser el Grillo, ¿qué no?

Al voltear me encontré con unos lentes de espejo que cubrían la mirada de un hombre mucho más grande de lo que había imaginado. Rondaría los 45 años, muy alto, su cara iba adornada con bigotazo y grandes patillas; llevaba un sombrero texano del que escapaban mechones a la rasta, y ropa de neopreno, con una chamarra vaquera de piel de jirafa. La cosa más extraña que había visto jamás.

—¿Usted es el Pais...?

—Sí, m'ijo, pero no lo grites, porque te puedes quemar.

Me dirigió a un apartado. De camino nos cruzamos con varias personas que lo saludaban. Todos gente conocida: actores, cantantes, hijos de alguien, políticos... rostros familiares de las revistas y la TV.

Ya a solas me ofreció tabaco, primero, y luego cocaína, pero le dije que no usaba nada de eso.

—Estás criatura, bato —me dijo.
—¿Cómo?

—Que eres muy joven. 'Tás chavalillo.

No podía creer que un tipo de 17 años hubiera penetrado su sistema de seguridad. Mientras platicamos sólo tomó agua Evian. Me dijo a qué se dedicaba. Yo jamás escuché hablar del ZAP y el Rancio, pero entendí inmediatamente de qué se trataba. Después, fue directo al grano:

—Necesito alguien como tú, un hacker de primer nivel. Un hijo de la chingada... virtual.

—¿Qué tengo que hacer?

—Romper ciertos sistemas, robar alguna informacioncilla por ahí de vez en cuando, en fin, trabajitos de ésos.

—¿Por qué no lo hace el que le diseñó el sistema de seguridad? Se ve que ese güey está cabrón.

La mirada del Paisano endureció. Apretó los labios, su rostro enrojeció, y luego dijo, marcando cada palabra:

—Ese móndrigo cabrón está muerto, el muy puto. Por traidor.

Me quedé helado. No sabía qué decir. Lo único que alcancé a hacer fue soltar un «je jé» nervioso. Pero fue suficiente para romper el hielo: el Paisano comenzó a reír conmigo, discreto al principio, para estallar en una carcajada después. Reímos como idiotas, hasta que me dolió el estómago y a él se le botaron las lágrimas. El trabajo era mío. De cualquier manera, no podía decir que no.

El cenicero rebosaba colillas. González había conseguido unos cerillos, pero ya Tapia estaba encendiendo el cigarro en turno con la colilla del anterior. Habían vaciado varias rondas de café, y para entonces Grillo había acabado con el azúcar. El capitán tomaba breves notas que pasaba a González cada que ella entraba al cubículo. No era fea, pero Tapia, un obsesivo del trabajo, no tenía tiempo para fijarse en ella; no así Grillo, que paseaba los ojos por las caderas de la secretaría siempre que ella invadía su campo visual.

—Entonces —dijo el capitán—, ¿entraste a la red de la policía?

Y a la de la Procuraduría, y a la de la DEA. Y a muchas otras. El Paisano sabía lo que quería, y lo que es mejor, sabía qué se necesitaba para obtenerlo. Pronto me vi frente al equipo de mis sueños, todo para mí, a cambio de hacer lo que más me gustaba. Empezó pidiéndome que buscara los estados de cuenta de ciertas personas, a quienes yo no conocía, en una serie de bancos suizos y norteamericanos. Pronto, el Paisano tenía suficiente información como para extorsionar a la mitad de los funcionarios metidos en el combate al narcotráfico. Y de hecho mandó la información de uno de ellos a un columnista político, junto con un sobre lleno de billetes. Recordará aquel escándalo de hace un año, que le costó la chamba al subprocurador de justicia de Sinaloa. Sí, veo que se acuerda. Esa fue una advertencia para todos los que estaban implicados en el negocio que de alguna manera le estorbaban.

Me convertí en su ojo digital. No había movimiento bancario, fiscal o bursátil que hicieran sus enemigos que yo no pudiera ver. Iniciamos una campaña de terrorismo virtual.

Al poco tiempo, Paisano se hizo de un asesor de inversiones, un auténtico genio recién salido de la universidad de Chicago. Él le decía qué movidas había que hacer, y yo me dedicaba a perpetrarlas. Entre los tres hicimos naufragar más de un imperio enemigo. Pero creo que al gringo le dio miedo y se peló. No supe nunca más de él. Sin nuestro asesor, mi jefe decidió optar por el espionaje directo a los archivos de la policía. Pronto teníamos un informe diario de los avances de la supuesta lucha contra las drogas en cada estado. A través de ello, Paisano sabía qué comandante de la judicial o qué oficial del ejército protegía a qué capo. No sé bien qué hacía con la información, pero le puedo decir que le sacaba todo el provecho posible. Y llegó un momento en el que yo sabía mucho más de lo que quería conocer. Sin proponérmelo, sólo por estar frente al monitor, me había vuelto un experto en narcotráfico. Al principio me divertía, era muy emocionante jugar a los villanos. Disfrutaba pensar en el Paisano como un Darth Vader nacido en Mocorito. Además, pagaba muy bien y me daba todo el equipo que yo pedía. Pronto, mi mundito de niño pendejo de colegio católico me quedó chico. Decidí irme de casa. Podía sobradamente rentar un departamento en Polanco, a unas cuadras de donde vivía. Mi mamá pareció no enterarse de la noticia, estando absorta en su lucha contra los barbitúricos y el alcohol y acabando de asumirse como lesbiana. Papá me concedió quince minutos en su despacho. Preguntó de qué iba a vivir, le dije que tenía una serie de negocios relacionados con las computadoras que dejaban buen dinero. Luego quiso saber si todavía era virgen. Al contestar que sí, me dio la tarjeta de una madame que él frecuentaba, diciéndome que pidiera una chica cuando quisiera, que él invitaba la primera con la condición de que no me volviera un adicto. Así fue como salí de sus vidas para siempre. Creo que fue más un alivio que otra cosa...

De tal forma que ahí estaba yo, virgen, a punto de cumplir dieciocho años y viviendo la fantasía perfecta de cualquier UNIX-nerd. Trabajar con el Paisano resultó ser altamente estresante, pero también muy divertido y sin duda estimulante. Me pasaba dieciséis horas seguidas frente al monitor, accesando información confidencial, robando datos que nos permitían ir un paso adelante de la chota. Era el mejor hombre del Paisano, y él correspondía con mucho dinero y atenciones.

Constantemente me ofrecía drogas, y yo siempre las rechazaba... No, ninguna moral, simplemente no me interesaban. Yo sólo pensaba en computadoras.

—Permíteme un momento, Grillo —interrumpió Tapia cuando González anunció que tenía lista la comunicación solicitada. El procurador general de la República estaba al teléfono. El capitán informó escuetamente la situación, lo cual entusiasmó notoriamente al funcionario. El papel de la Procuraduría no había sido muy bueno últimamente, y siendo su titular de un partido opositor, era doblemente vigilado y criticado por los medios. Capturar al Paisano sería asestar un golpe al hampa que subiría los bonos de la

dependencia. El procurador ordenó a Tapia dar prioridad absoluta al asunto, y mantenerlo informado.

Cuando el capitán regresó a su oficina, los temblores habían vuelto al chico. Ordenó más café, y cuando las tazas fueron puestas frente a ellos, preguntó:

—¿Por qué te decidiste a hablar?

Bueno, estaba trabajando, como de costumbre, en un encargo del Paisano. Al parecer se había filtrado la información de que tenía un hacker bajo sus órdenes, por lo que la DEA había reforzado su seguridad digital. Así que en una ocasión casi me dejo atrapar en una trampa de su red, un caballito de Troya sencillo pero que por poco se me va. Paisano entendió que era demasiada tensión para mí, pero no dijo nada. A los dos días tocó a la puerta —siempre lo hacía, aunque tenía llave— y al abrir me encontré con que venía acompañado de... mire, para que se haga una idea, los que la odiaban le decían «la pelirroja más buenota de Sinaloa». Para sus amigos era Karina.

Aquélla era una mujer a la que ni siquiera en mis sueños húmedos imaginaba que me acercaría. Esto le sonará cursísimo, pero si alguna vez el fuego tomó forma de mujer, fue en el cuerpo de Karina. Había sido reina de belleza de su estado y finalista para Señorita México.

Y ahí estaba, para mí. «Aquí le traje esto, m'ijo», dijo el Paisano. Ella se me acercó y embarró sus senos en mi cara.

—Hola —dijo, y me sonó como si me lo dijera una diosa, al tiempo que me rodeaba con sus brazos.

No escuché salir al Paisano.

Sé que esto parece estúpido. Es como un cómic de Archie: el nerdo y la reina de belleza. Pero así fue. La idea era que sólo estuviera ahí por una noche, pero llegada la mañana me hizo el desayuno, y hacia la tarde preparó la comida, y en la noche... Bueno, lo cierto es que nunca dijimos nada, pero tácitamente acordamos que éramos pareja. Era una pendeja, cierto, pero también un auténtico demonio de lujuria en la cama. Y me quería honestamente, lo sé. Ella simplemente existía. Rondaba por la casa, sin estorbar, mientras yo me sentaba frente al monitor. Y cuando la necesitaba, sólo tenía que llamarla.

Al principio, Paisano no se opuso a que viviéramos juntos, pero luego noté cierta reticencia. Finalmente, me dijo que las viejas acababan con uno, pero que mientras cumpliera mi trabajo podía meter mi verga donde quisiera.

Los días, pues, transcurrían mientras ella iba al gimnasio y yo me dedicaba a lo mío.

Todo iba muy bien, casi como en un cuento de hadas pachecas. Hasta que un día descubrí restos de coca sobre un CD de Kraftwerk. Eso me volvió loco. «¡¡Pendeja!! Nosotros no cagamos donde comemos», le grité. Lloró y me prometió que nunca más se iba a meter nada.

El Paisano se dedicaba a proporcionarle sistemáticamente todo tipo de drogas a mis espaldas. Pero me enteré muy tarde.

Ya para entonces Karina prácticamente tomaba el desayuno por vía intravenosa. En mi desesperación intenté cortar las dosis de golpe, pero el síndrome de abstinencia resultó monstruoso: vómito, convulsiones, paro respiratorio. Al final, tuve que dejarla esnifar unos gramos de nieve.

Algo dentro de mí entendió la dinámica de la adicción. Y yo era parte de la cadena que llevaba hasta el adicto la sustancia que prefiriera para suicidarse en abonos.

Me llené de culpa mientras la depresión me devoraba.

Karina era incontrolable, y se había hecho fan del Rancio, pero ya no lo pudo soportar. Murió de una sobredosis, en medio de espasmos y vómito espumoso. Se quedó tiesa en mis brazos, era un guiñapo gelatinoso.

Hubo que soltar mucho dinero para callar a la prensa y mantener a la policía a distancia prudente. Ello no me salvó de ir a reconocer el cuerpo. Todo su esplendor convertido en una pálida estatua, la expresión congelada en una mueca dolorosa, las articulaciones endurecidas como si fuera un burdo maniquí.

Al funeral, en Mazatlán, fue la mejor sociedad sinaloense. Oficialmente se manejó que había muerto de una insuficiencia renal.

Ahí estaba, llorando, sin poder pronunciar palabra. Cuando sentí la mano del Paisano en mi hombro, no volteé a verle, sólo escuche que me decía:

—¿Ya ve, m'ijo? Si le digo que las morras son peligrosas...

En ese momento juré destruirlo.

Y aquí estoy.

Grillo no pudo retener las lágrimas que rodaban por sus mejillas como queriendo huir de ese rostro infantil. Bajó la vista mientras sollozaba, al tiempo que su dermis facial enrojecía. Murmuraba algo que resultaba ininteligible para Tapia, quien le observaba entre fascinado y conmovido. El policía pidió a su secretaria que llevara pañuelos de papel, y a falta de éstos González le entregó papel de baño. El capitán buscaba maquinar un plan para echarle el guante al Paisano con la ayuda de Grillo, sin poner al chico en peligro. Cuando la idea llegó, le dijo:

—Hey, ¿qué tal que metemos información falsa *a la red de la procuraduría?...*

2.0

—¿Todo bien, m'ijo? —preguntó el Paisano.

—Sí, sí, sin pedos —respondió Grillo, sin apartar la vista del monitor. Aunque la mirada de su jefe eran dos cristales espejeados, no soportaba verla. A veces imaginaba que detrás de los lentes no había nada.

El capo se recargó junto a uno de los libreros. Paseó su índice entre los lomos de los cómics que ahí tenía Grillo. Tomó uno al azar y lo hojeó sin interés.

—Ya no saben ni qué inventar —comentó con tono apagado.

Lo dejó sobre la mesa de la computadora y observó por encima del hombro de Grillo; aunque era algo que hacía muy seguido, el hacker no había notado lo molesto que era sentir su respiración en el cuello.

—¿Qué me tienes hoy? —preguntó el Paisano.

—Por lo visto, los del cártel de Tijuana no se han puesto a mano con algún comandante. Parece que planean transportar un cargamento desde Chiapas hasta San Diego en un camión platanero, y van a instalar retenes sorpresa en la carretera a Querétaro y todas sus posibles bifurcaciones. Debe ser algo muy gordo, porque van a destacar casi al ochenta por ciento de su fuerza en el operativo.

Aunque no los podía ver, Grillo supo que los ojos del Paisano se inundaron de una expresión de cautelosa alegría.

—Es una de las movidas del pendejo del procurador. Seguro alguno de los del mismo cártel negoció entregar a uno de los suyos a cambio de que no lo estén chingando y se pueda llevar una tajada más grande.

—Eso, o acordaron fingir un golpe grande —acotó Grillo.

—Ándale. Las elecciones están cerca. Una movida de éstas puede fortalecer la imagen de su partido, y favorecerlo en las elecciones. Esos culeros de la ultraderecha son capaces de encarcelar a su propia madre con tal de ganar votos.

—Bueno, ya las relaciones del cártel con la PGR estaban bastante deterioradas, aunque se llevaban bien con la procuraduría de su estado.

—Esto está muy raro... — dijo el Paisano. Grillo se sintió intranquilo. ¿Qué tal que se olía la trampa y...?

—Una acción así —reanudó el narco— es lo que la procuraduría general necesita. Un golpe espectacular, que compense todas las pendejadas que han cometido desde que el procurador tomó el cargo. Así, la opinión pública queda satisfecha, el partido del procurador se beneficia en las urnas, él hace un buen papel, con miras a un mejor puesto, quizá la gubernatura de su estado natal, y el cártel se deshace de un mal elemento. A güevo, Grillo —por primera vez desde que lo conocía, el hacker vio sonreír a su jefe—, ¿sabes lo que eso significa?

—No.

—Van a dejar prácticamente sin vigilancia las demás carreteras. Es decir, que por fin podremos sacar el stock de ZAP que tengo parado hace más de un mes en la bodega, y ponerlo en Veracruz de una buena vez. Ahora mismo le hablo al Venas para que comiencen a cargar el tráiler. ¿Cuándo dices que es el operativo?

—Esperan interceptar el camión platanero mañana en la tarde.

—Ya está, mañana a las siete tenemos el ZAP de camino al puerto, y para el lunes estará puesto en Ámsterdam, y todo sin soltar un solo centavo a la policía capitalina. ¡Jujujuy!

Sin más, el Paisano se dirigió a la puerta del departamento mientras canturreaba una vieja canción de un grupo industrial:

—Tendremos al mundo, tendremos al mundo, tendremos al mundo, tendremos al mundo, tendremos al mun... ¡Ah!, casi se me olvida —dijo ya en la puerta— aquí te dejo un regalito.

Y tras abandonar en una mesa un frasquito lleno de pastillas azules, salió del departamento.

3.0

En el monitor de la computadora de González, la secretaria del capitán Tapia, parpadeó el icono que indicaba la llegada de correo electrónico. Al abrirlo, la mujer encontró un escueto mensaje que decía tan sólo:

SÍ

AZUCAR

1296CUM

4.0

La temperatura había descendido bruscamente en las últimas horas, lo que hacía que esperar el tráiler azucarero en el retén montado sobre la calzada Zaragoza se volviera casi insoportable.

—¿Qué pedo con tu soplón, Tapia? —preguntó Rosales, que no podía dejar de acariciar su Glock— El camión ya se colgó dos horas.

—Es que... —comenzó a responder nervioso el capitán, cuando la radio les interrumpió para avisar que el vehículo ya venía por la calzada.

Efectivamente, las placas eran 1296CUM. En un instante, las patrullas de la judicial se emparejaron al tráiler, obligándolo a orillarse. En minutos, el confundido chofer estaba amagado, y los oficiales procedían a abrir el contenedor. Al hacerlo, se encontraron con una pared falsa de cajas de azúcar.

—Pensé que la empacaban en bultos —dijo distraídamente Rosales al tiempo que levantaban la pared falsa. Dentro estaban apiladas centenares de cajas de cartón cuidadosamente selladas con cinta canela.

—Ahora sí te cargó la chingada —dijo Tapia al asustado chofer al tomar una de las cajas. Arrancó de golpe la cinta que la sellaba, y sacó victorioso un frasco de vidrio.

—¡¡A güevo!! —gritó, poniendo en alto el frasco, sólo para darse cuenta de que aquellas pastillas blancas no eran ZAP.

—Pero... ¿Qué...?

—Sacarina. O algo así —oyó decir a Rosales a su espalda, que ya había abierto uno de los frascos y probado el contenido.

Tapia arrojó al suelo la caja, y tomó otra. La abrió y comprobó el contenido. Y luego otra, y otra más. Tras nueve paquetes, ordenó a los agentes registrar cada uno de los frascos.

Todos eran sustituto de azúcar.

5.0

Abrumado, Tapia llevaba una semana envuelto en la depresión. La frustrada captura del Paisano se había filtrado hasta la prensa, la cual no bajaba de peleles a los del cuerpo de narcóticos. El procurador había regañado a Tapia como si fuera un niño tonto, humillándolo frente a los demás oficiales de la corporación, y el Grillo se había esfumado sin dejar rastro.

Tapia no pensaba en nada cuando González le anunció que tenía una llamada.

—Bueno... —contestó desganado el capitán.

—¿Qué pasó, móndrigo? —le respondió una voz de marcado acento norteño—. Usté y yo no tenemos el gusto de conocernos, pero tenemos un amiguito común muy platicador...

—¿Quién...?

—... que nos ha contado a los dos muchas cosas respecto del otro.

—¿Es usted el Pa...?

—Como, por ejemplo, lo de aquella cuentita que tiene usted en un banco de El Paso. Ah, qué calladito se lo tenía, pela'o...

—¡González! ¡Que me rastreen la llamada! —ordenó Tapia mientras tapaba la bocina.

—Ya lo oí. Ni se moleste, capitán, ahora tengo un nuevo hacker que también domina las malas artes de los phreaks. Un geniecito de la telefonía. No pierda su tiempo. Ah, qué mi capi, ¿Conque aceptándole dinero a los del cártel de Culiacán? ¡Qué pena! Toda la documentación, junto con unos cuantos dolarucos, llegó hoy en la tarde al despacho de mi amigo Juan Ramón Valenzuela, el columnista. Mañana, todo México va a saber de sus nexos con los narcos. Ni modo, mi cuate, esa famita de honesto se le acabó.

—Pero qué...

—Y después del fiasco del tráiler azucarero, creo que su carrera terminó. Como buen judicial, la ironía escapa a su sensibilidad. Sacarina. Azúcar falso. ¿Recuerda a qué era adicto el Grillo? Todo era falso. ¿No se fijó en las placas? CUM, ¿Entiende? Chingue Usté a su Madre. ¿Capta?

—E... el Grillo...

—¿Quién? Ah, su amiguito. Bueno, si le interesa, cometió el error de no saber diferenciar el ZAP del Rancio. Le dejé un frasco de este último sin decirle qué era. Sabía que no soportaría la tentación de probarla, y cayó. Honestamente, sí me creí el cuento del tráiler platanero, pero el pobre Grillo se tragó de putazo todo el frasco de Rancio. No sé si sería el delirio que le provocó la droga, o los horribles dolores, lo que le hicieron llamarme, lleno de remordimiento, para confesarme todo su plan. ¡Pobre pendejo! Pero bueno, donde está, eso ya no le importa. Mi capi, lo dejo, creo que tiene bastantes cosas qué hacer, y yo también. Que le aproveche...

Colgó, pero el capitán Tapia ya no le oía.

Se había pegado un tiro.

6.0

—¡¡Mamá!! Este chilorio sabe raro —se quejó la hija, haciendo a un lado el plato.

—Está bien, no te lo comas, a lo mejor está pasado —contestó su madre desde la cocina—; qué raro, esta marca siempre me ha salido muy buena.

De haber tomado un bocado más, la chica se habría metido a la boca la punta del meñique del Grillo.

Enterita.

Con todo y uña.

Era el trozo más grande que quedaba de su cuerpo.

Siudad de Méjiko.
13111996
2:30AM

Entre narcos, balaceras y muertos

~

Ricardo Ravelo

USTED NO VA A CREER LO QUE YO LE VOY A DECIR, PERO de cinco años para acá, aquí en San Blas, están pasando cosas muy raras. La gente de dinero se está yendo porque ya no se puede vivir. Aquí todos los días usted escucha la metralla. Allá a lo lejos, cuando uno se despierta en la madrugada, aquí en el pueblo se escuchan balazos y de vez en vez amanece uno que otro muertito tirado.

Antes los encajuelaban, como se dice, o los envolvían en sábanas y aparecían tirados en los llanos o a la orilla de la carretera, pero ahora todo ha cambiado. El otro día que iba yo a la cantina a comprar un poco de aguardiente me encontré con una mancha de gente apilada y me llamó la atención ver que todos tenían cara de susto. Y cómo no, si lo que estaban viendo era el cuerpo destrozado de una mujer que nadie reconocía.

Quien sabe en qué andaría metida, decían, porque le cortaron la lengua y la cabeza quedó tirada como a medio metro del cuerpo. Y a empujones me abrí paso entre tanto paisano y pude ver un cartón con un mensaje que decía: «Para que aprendas a respetar» y, abajito, con letras negras, otro mensaje: «Pinche vieja soplona». Pues, «¿qué habrá dicho?», me pregunté.

Años atrás, cuando los narcos tenían otra ética, digámoslo así, a la gente la ejecutaban y ya. Los sicarios eran profesionales. Iban directo y al objetivo, pero ahora todo esto ya se descompuso mucho. Ya les vale madre todo, con el perdón de la palabra, y estos pinches asesinos drogadictos provocan baños de sangre, y lo más cabrón es que el gobierno no hace nada. Lo permite todo, como si los altos funcionarios fueran parte de toda esta mierda que ha cagado al país.

Yo llevo viviendo en San Blas toda mi vida. Tengo 76 años y he visto muchas cosas buenas, malas y cosas terribles, como las que están pasando ahora. Antes eran contados los hombres que se metían al narco o a algún negocio sucio. Todo era muy reservado, guardaban las formas y no se metían con la gente ni con la familia.

Yo conocí a capos cabrones, de la vieja guardia, como se les llama, de los que vienen de abajo. Esa gente respetaba. Y por eso los respetaban también. Tenían palabra. Cumplían lo bueno y lo malo y tenían un código muy especial. Entre ellos se decían que entre chuecos las cosas eran estrictamente derechas. Y así era. Lo bien que me acuerdo de esa regla de oro.

Pero del año 2000 para acá, cuando se lo llevó la chingada al PRI y al país, todo esto cambió. Surgieron grupos muy violentos. Se fueron acabando aquellos viejos capos, los de la vieja guardia, y surgieron otros que le cambiaron la vida a México. Esto cambió porque también al poder llegó gente muy nefasta, que traían otros intereses desde que fueron gobernadores o alcaldes.

Comenzaron las balaceras por todas partes y los muertos los aventaban como bultos de maíz a los camiones para enterrarlos en fosas clandestinas. Aquí en San Blas, híjole, usted no tiene ni idea de cuántos panteones secretos hay. Esa gente mala, unos que les dicen los Zetas y que están bien protegidos por el gobierno, le comenzaron a quitar la tierra a la gente.

¡Uy, aquí han chingado gente a lo bárbaro! Gente de trabajo se ha tenido que ir porque esos hijos de puta llegan con armas y con notarios y les quitan los ranchos, el ganado y se apropian de lo ajeno en minutos. Si yo le contara lo que pasó el otro día en el rancho Ojo de Agua, uno muy grande que está allá por la orilla del río Mariposas, pues ahí la semana pasada llegaron unos diez hombres con armas largas y verá lo que pasó.

Iban en cuatro camionetas de esas de llantas anchas, se bajaron y a punta de madrazos tumbaron la reja. Entraron y se llevaron al dueño, a don Tomás Carvajal. Don Tomás es un pan de Dios, como decimos aquí, un hombre que ha trabajado toda su vida para vivir como vive. Pues se lo llevaron y le dijeron que tenía que firmar unos papeles.

Él preguntó qué papeles. Y le dijeron que era la cesión de la propiedad porque a partir de ese momento ya no era suya. Y lo golpearon, le quemaron los testículos y ya le iban a cortar la cabeza cuando él pidió los papeles y tuvo que firmar. Si usted va al rancho y pregunta por don Tomás, le van a decir que ya no vive ahí, que vendió el rancho y que se fue.

Ahora usted va a ver a pura gente armada. Y en la noche entran camionetas de esas de redilas y yo me imagino que llevan droga o algunos muertitos que los llevan a enterrar, porque ahora el rancho, por si no lo sabe, es un panteón de los Zetas.

Eso lo sabe la autoridad, aquí se sabe todo, pero nadie hace nada. O tienen miedo o están coludidos. Porque como usted sabe, la autoridad protege a unos y chinga a otros. A veces investigan a gente que nada tiene que ver y ayudan a los que están metidos con el negocio.

Yo pienso que así es eso porque no puede ser de otra manera. Yo soy un hombre viejo y he visto muchas cosas, como le dije, pero hay gente que se ha hecho millonaria de la noche a la mañana. ¡Eso no puede ser así! Mire usted la historia de don Tomás. Para tener El Ojo de Agua tuvo que romperse la madre cuarenta años. Yo lo conozco desde niño. Y estas gentes hijas de puta se apropian de lo ajeno en minutos.

Aquí por lo que yo sé mucha gente se ha metido a eso. O andan en el secuestro o en las extorsiones, exigiendo dinero para no matar. A mí me daba miedo eso, pero siempre he pensado que nada más tengo un cuarto para vivir, una mesa y unas sillas. Así que si se meten conmigo lo único que se van a llevar es una desilusión. Pero dicen que esas gentes matan hasta por no tener nada. Ya ni jodido se puede vivir en paz en este país, ¡carajo!

Hace un mes, comenzó a correr un rumor muy fuerte aquí en San Blas. Dicen que el presidente municipal, don Toribio Acosta, que es del PAN, también está metido en el narco. Y he pensado que puede que sí. Este hombre se hizo millonario después de que fue senador de la República. Quién sabe cómo carajo le hizo para pagar la campaña pero él ganó. Y una vez que ganó la elección creció como la espuma.

Usted ve a sus hijos en carros de lujo, y a la esposa en camionetas blindadas, traen guaruras y andan armados. Se ve que tiene mucho miedo porque sólo alguien que anda chueco trae ese ejército de gente. Usted no me crea, pero se dice aquí que don Toribio lava dinero de Sinaloa, del grupo del Mayo Zambada.

Y que por eso lo hicieron senador y ahora presidente municipal de aquí de San Blas. Y no sé si usted ha observado, pero desde que este hombre llegó al poder aquí cambió todo. Como le dije, comenzaron las balaceras y mucha gente ha desaparecido. Las malas lenguas dicen también que los hijos del presidente municipal encabezan una banda de secuestradores y que por eso el padre creó un fondo especial para ayudar a la gente que le secuestran a un familiar. Pero todo es para chingarse el dinero. Aunque también dicen que cuando la gente les pide ayuda, ellos sólo llaman por teléfono y liberan a la víctima.

Hace unas cuatro noches estaba yo fumando cachimba afuera de mi cuarto. Eran como las dos de la mañana y a lo lejos vi que venían unos camiones del ejército y muchos policías. Todos andaban armados hasta los dientes. Entonces, agarré mi taburete y me metí hecho la chingada para mi cuarto y por la ventana comencé a ver todo.

Andaban haciendo rondines, traían a un cabrón esposado que me imagino que andaba poniéndole el dedo, como se dice, a las casas donde venden droga. Y seguramente era un contrario del cártel de Sinaloa porque, como usted sabe, aquí mandan esos cabrones. Aquí no manda el alcalde ni nadie. Manda el narco y ese cártel.

Y lo primero que pensé fue que esto iba a provocar una matazón. Pues no terminaba de amanecer cuando se escucharon tiros y más tiros por todo el pueblo. Los hombres de verde entraban a ciertas casas y mataban a la gente. Hasta los niños y los viejos recibían balazos. Se oían gritos y culatazos pero aquí todo se lo traga el silencio de la montaña. Nadie ayuda a nadie porque la gente tiene miedo de morir de un balazo.

Luego, no me lo va usted a crecer, los muertos los aventaban en unas camionetas, les ponían una lona y salían por caminos desconocidos. Y jamás nada se ha sabido. Aquí en San Blas es puro matar y desaparecer gente. En esto se ha convertido la guerra contra el narco.

Yo no sé qué piensa el gobierno, pero esa guerra le está dando en la madre a los pueblos y a las ciudades. Aquí la gente ya tiene miedo hasta de trabajar, porque cuando llegan los días de raya la extorsionan o la levantan por unos cuantos pesos.

Si usted va a vender su casa porque tenga una necesidad, ya no la puede anunciar como se hacía antes, que se ponían los letreros afuera. Eso ya no se hace. Se publicita de boca en boca y entre conocidos. Porque si los narcos saben que usted vende algo nada más esperan a que le paguen y le caen encima para quitarle el dinero.

Por eso la gente se está yendo de aquí. Y no hay condiciones para vivir. El presidente municipal es narco, los hijos están metidos en el secuestro, la policía vive de chingar al que se deja... A este pueblo ya se lo llevó la chingada. La vida social no existe. Si usted viene un domingo a San Blas, usted no verá gente en la calle. La poca que queda está encerrada y a veces ni así, como le he dicho, se puede estar seguro, porque en cualquier momento vienen esos hijos de puta y se lo llevan o lo matan. Lo que yo me pregunto es por qué no le pegan a los delincuentes y por qué están jodiendo al pueblo.

Aquí usted no puede abrir un negocio. Quien lo hace es porque está loco, es pendejo o ya se arregló con los malos. Había una cantina muy buena aquí en el centro de San Blas, a donde yo iba a echarme un trago todos los días. Ya dejé de ir. Al dueño lo amenazaron de muerte. Le exigieron que tenía que vender droga en la cantina y como se negó, entonces le dijeron que tenía que pagar una cuota de diez mil pesos a la quincena. Y como las ganancias no dan para tanto, pues mejor dijo: «chinguen a su madre, el poco alcohol que me queda me lo voy a beber» y cerró el changarro.

Y así están todos. Si sale usted a dar una vuelta por el pueblo verá que lo único que está abierto es el mercado y ya no quedan muchos comercios. La gente se ha ido o la han matado. Otros están desaparecidos porque nadie sabe si están vivos o muertos.

La vida ha cambiado mucho aquí en San Blas. Los pocos empresarios están fuera del país. Aquí lo único que está quedando es la desolación y la tristeza. No hay trabajo, no hay dinero. Sólo balaceras y muertos.

El otro día vino el presidente y ofreció reforzar la seguridad de San Blas. Pero para eso, yo pienso, primero se tiene que acabar el narcotráfico y todas las matanzas. Si no hay paz en este país no habrá inversiones. Pero como le digo, nada más son puras promesas pero nadie hace nada.

Aquí la vida se acabó. Los muertos están muertos y los vivos medio muertos porque hay gente como yo que aquí nos quedamos a vivir. No sé si por valientes o por pendejos. Aquí nos hicimos viejos viviendo de la esperanza de tener un pueblo más próspero. Pero los viejos sólo estamos esperando la muerte. Los jóvenes, metidos en las drogas y el alcohol, quién sabe si lleguen a viejos o se mueran antes.

Y dicen que la esperanza muere a lo último, pero a mí ya se me murió. Le fui al PAN y esto empeoró; le apostamos al PRD, y ahora al PRI y seguimos en las mismas. En este país todo está por hacerse. En ningún lado puede uno estar seguro.

Aquí ya nos llevó la chingada a todos. En este pueblo, que antes tenía vida, nada más quedan los narcos, los niños, los viejos y unos cuantos perros en la calle porque hasta eso también ya se está acabando.

Y hay que andarse con mucho cuidado, amigo. Si sale usted a dar una vuelta por el pueblo, mejor cierre la boca y muérdase la lengua. Aquí han matado a muchos periodistas por hocicones. El narco los ha matado. Así que ese es mi mejor consejo de amigo. Cierre la boca, no vaya a ser que se la corten como a la mujer aquella que le conté que amaneció sin lengua y con la cabeza tirada como a medio metro del cuerpo.

Como le dije, aquí en San Blas están pasando cosas muy raras. •

Hombres armados

~

Daniel Espartaco Sánchez

Para Raúl y Mariana

INMOLARSE ERA UN TÉRMINO RELIGIOSO Y SABATO no creía en ningún Dios. Su primer impulso fue echarse a correr cuando encontró la verja caída y, más allá del pequeño y descuidado jardín, la puerta de la entrada abierta de par en par. Pero otro instinto, el de su apego por Verónica, le hizo cruzar la verja y el portal para confirmar lo que ya sabía.

Había restos de lucha, si es que podía decirse de esta manera. ¿Era posible luchar contra ellos? Las sillas de plástico del comedor estaban tiradas, sobre la mesa había restos de comida que aún podía estar caliente, una taza de café rota en el suelo. Subió las escaleras y encontró las camas deshechas, la ropa revuelta entre las maletas; también el vestuario teatral, pobre y remendado, hecho con telas baratas fabricadas en China: el disfraz de arlequín que usaba Verónica, el de El Mundo que Sabato se había puesto tantas veces y que lo hacía parecer más una pelota de tenis que el globo terráqueo (África estaba desprendida). También estaban los utensilios para las acrobacias y malabares, las antorchas y las latas de gasolina de los compañeros tragafuegos. Buscó sangre en el suelo, entre las sábanas; intentó percibir el olor de la pólvora, pero no encontró nada; ni rastro de Jorge Leroy ni de los muchachos. Fue al baño y vio en la puerta, bajo la cerradura, el único indicio que parecían haber dejado *ellos*: la huella de una bota militar. La llave del lavabo estaba abierta, pero no se molestó en cerrarla.

Sabato había pasado la noche en su refugio, una casa abandonada en un fraccionamiento de las afueras, sin agua y sin electricidad, donde tenía sus únicas propiedades: algunos libros y un radio de baterías. Nadie sabía su localización, y por eso estaba libre, o vivo, o ambas cosas.

¿Hay alguna diferencia?, pensó.

¿A dónde van las personas cuando se las llevan *ellos*?

Tenía en el bolsillo del pantalón el teléfono celular y el número que el padre Lucas —ahora muerto— le dio para que llamara a Söndag cuando llegara el momento; pero antes quiso tener la esperanza de que Verónica hubiera pasado la noche en casa de su madre y le llamó por teléfono —conocía el número de memoria—, pero este se encontraba fuera del área de servicio, decía la grabación. Consideró buscar un lugar donde esconderse en esa casa, los cuarteles de la compañía El Gran Teatro del Mundo Nuevo. Pensó que *ellos* no volverían a ese lugar a buscarlo. ¿Sabrían *ellos* que él existía? ¿En verdad eran omnipresentes? Recordó el Smith & Wesson .22 que Jorge Leroy pretendía usar cuando ellos llegaran.

Jorge era un tipo lampiño, rubio, bien parecido, de buena familia, pero Sabato lo respetaba por algunas de sus ideas, su manera de hablar, y se había dejado reclutar por él en El Gran Teatro del Mundo Nuevo. Algunas veces fueron en el destartalado Civic 1995 de Jorge a las afueras de la ciudad para disparar sin puntería contra botellas y latas de cerveza. Sabato vio las balas rebotar contra las rocas; escuchó el ruido de los disparos proyectarse contra el inmenso oleaje de aire caliente surcado por una sempiterna ave carroñera. Jorge Leroy creía en Dios, en el Diablo, en los ángeles y en los otros ángeles, los caídos; había sido educado por los jesuitas. El revólver fue bendecido con un rociador de agua bendita de esos que se usan para limpiar ventanas, detalle que a Sabato le parecía chocante, como si una religión vestigio de la Edad Media estuviera peleada con cualquier avance tecnológico. En el desierto están todos los cadáveres y desaparecidos de esta guerra, decía Leroy, en tono bíblico, pero el día de la resurrección se levantarán y contarán su historia, y los hombres que recorren la ciudad vestidos de militares, con pasamontañas, serán castigados. Los muertos, los desaparecidos, se reunirán con sus familias.

—Imagina la escena —decía Jorge.

Pero cuando le hablaban de la resurrección de los muertos Sabato sólo podía imaginar una película de zombies. Para Jorge los difuntos volverían cubiertos de incienso y bálsamo, con ropa blanca y recién lavada. A Sabato no le gustaba contradecirlo, sabía muy bien a dónde van todos cuando mueren, era la única certeza que tenía en la vida: la nada. Creía que los muertos debían ser vengados en este reino por la simple y llana razón de que era el único, pero Sabato no era un buen orador.

Encontró el revólver junto a la Biblia Gideon empastada en verde que Jorge se robó de un hotel de carretera en Texas. No tuvo tiempo de usarlo, *ellos* eran rápidos, estaban entrenados, tenían armas que podían partir en dos a una persona. ¿Qué podría hacer Jorge con un Smith & Wesson calibre .22? Y Sabato supo qué se podía hacer con él, llegado el momento.

Que se joda Leroy, pensó.

En su mente estaba el rostro moreno de Verónica. Pequeña, delgada y fuerte, cinta negra en taekwondo. La había visto patear antimotines y correr, era rápida; la había visto batear granadas de gas lacrimógeno y mofarse de las líneas compactas de policías. Ella podía intentar correr, pero *ellos* no eran antimotines, disparaban con balas que no eran de goma; sus granadas no tenían gases sino diminutos pedazos de una relojería letal que desgarraba los cuerpos.

¿Debería de llamar a Söndag?

Corrió las cinco cuadras que lo separaban de la casa donde hasta hace poco Verónica había vivido con su madre antes de dejarlo todo para seguir al Gran Teatro del Mundo Nuevo (era obvio que Jorge había escogido el nombre) por el país, en su incomprensible misión; una que Sabato nunca tuvo clara, pero que les había costado la libertad o la vida o ambas cosas a sus amigos, a Verónica, y posiblemente a él; pero no, él no se dejaría atrapar.

Por más que dijeran las noticias que la ciudad era un pueblo fantasma, las calles del centro estaban animadas, o al menos la avenida principal donde los transeúntes parecían dispuestos a seguir con su vida. Era la única parte de la ciudad donde los edificios sobresalían más allá de un piso y en las amplias aceras había una sombra agradable por la que era posible caminar. Se metió en una calle perpendicular donde los bares y cantinas en ambas aceras estaban cerrados. Uno de ellos parecía haber sido incendiado, porque alrededor de las ventanas podía verse el color negro del hollín. Imaginó la escena, un grupo de hombres armados que incendia el lugar con bombas molotov, tal vez porque el dueño se negó a pagar la protección, o tal vez porque le pagaba protección a la banda rival.

¿Importaba? Todo esto había dejado de interesarle a Sabato desde hacía mucho tiempo.

Llegó hasta una casa cuya fachada estaba en ruinas, también la cerca frontal, con muros gruesos de adobe, de los años cuarenta del siglo pasado, pintada de un polvoriento color azul cobalto que a Sabato siempre le recordaba algo de su infancia, una época envidiable donde la violencia, todos esos disparos, estaban en el programa doble de un cine del centro (el refresco pasado de contrabando en una botella retornable y las palomitas caseras en una bolsa de plástico). Era la casa donde había crecido Verónica y a pesar de las edades dispares, eso tenían en común: el origen incierto, aunque digno, de la clase obrera mexicana, con sus melodramas, su café instantáneo, sus últimas cenas sobre la puerta de la cocina, su filosofía del trabajo —en realidad no era una filosofía eso de romperse el lomo, decir que cualquier trabajo es honesto—, la cual Sabato despreciaba junto con la religión católica y los sillones cubiertos de plástico. De esas casas brotaba un aroma particular que era incapaz de desmenuzar: desinfectante, comino, carne, chile, tomate y cebolla; a humedad, pomada para los pies, mentolato. Su liturgia eran los manteles de blancura impecable donde se posaban los bibelotes —elefantes de cerámica, niños huérfanos que lloraban, payasos de dignidad eclesiástica—, y coronando todo aquello, la Virgen de Guadalupe.

Levantó la verja un poco y la giró hacia dentro para llegar al jardín frontal donde la madre de Verónica cultivaba plantas en botes de conserva, ollas viejas y macetas de barro. Llamó a la puerta. Le abrió una mujer de unos cincuenta años, apenas diez más que él, pero que en realidad se veía de sesenta.

—Sabato... —dijo la mujer.

Una mujer de piernas hinchadas y llenas de varices, un rostro moreno de rasgos acentuados y firmes donde era posible reconocer el parentesco con Verónica.

—¿Dónde está Verónica? Le he estado llamando, trae el celular apagado —dijo ésta.

Desde la casa le llegó el olor de los muebles viejos, y del desinfectante, y Sabato pensó en su madre. Incluso hasta Sabato había sido engendrado y educado por alguien, aún cuando los compañeros más jóvenes al verlo pensaran que había nacido viejo, los bucles grises al hombro, su frente pálida y pronunciada, los lentes gruesos con una patilla pegada con cinta adhesiva. Sintió la cabeza caliente, el sudor en su cara bajo el sol de abril. Entonces supo que debía de tranquilizar a la mujer, pero antes debía de tranquilizarse él. La madre de Verónica, como todas las mujeres de su tipo, tenía en las manos un trapo de cocina como una bandera, pero no era posible alejar la maldad del mundo con un trapo de cocina. A Sabato le hubiera gustado ponerse una máscara, una de las muchas que usaba en las representaciones del Gran Teatro del Mundo Nuevo, o al menos cubrirse con la barba postiza con la que era Karl Marx en la obra que él escribió para explicarles a los jóvenes de las afueras lo que era el capitalismo.

—Vengo de parte de Verónica —dijo.

¿Mentía para tranquilizar a la mujer o para no perder tiempo valioso en una escena?

—¿Por qué no me contesta?

—Se le perdió el celular. Se fue con los compañeros de viaje, muy temprano, no tenía tiempo de venir y me pidió que yo le avisara.

—¿Y por qué no fuiste tú también?

—Estoy enfermo.

—Se nota, pasa, ¿ya desayunaste?

—Debo irme.

Y sin preocuparse más por su actuación se subió al autobús que acababa de girar en la esquina. Los asientos estaban vacíos y cubiertos de polvo. Se sentó al fondo y sacó el celular y el papelito que le había dado el padre Lucas antes de que ellos fueran por él; había muerto en el altar como Thomas Beckett. Intentó marcar el teléfono, pero se equivocó por culpa del zangoloteo del autobús. Volvió a marcar, y a equivocarse; finalmente la llamada con el número correcto entró. Ignoraba cuánto crédito tenía, si sería suficiente para una llamada de larga distancia (era un número de la ciudad de México).

—Oficina del señor Söndag —dijo una voz apenas audible por causa del motor y el ajetreo de la carrocería del autobús.

—Habla Sabato.

—¿Qué desea?

—Quiero hablar con Söndag.

Se escuchó una melodía que sonaba a algo barroco, algo que Sabato no pudo identificar, aunque le gustaba la música.

—El señor Söndag está ocupado, me pide su teléfono.

—No sé cuál es.

—¿Entonces cómo nos comunicamos con usted?

—Dígale que tengo el teléfono del padre Lucas.

El hombre parecía apuntar esto del otro lado de la línea de manera diligente.

—Padre Lucas... bien, nosotros nos comunicamos con usted.

El camión giró por la calle donde estaba la casa de El Gran Teatro del Mundo, la *troupé* a la que Sabato se había unido seis meses atrás. La calle estaba cerrada por camionetas del ejército: los soldados formaban un cerco exhibiendo sus fusiles de asalto. El chofer del autobús maldijo, y retrocedió entre el ruido de los cláxones de los autos detrás de él, mismos que no tuvieron más remedio que echarse también hacia atrás.

—¿Qué habrá pasado? —le gritó el chofer a Sabato, quería conversar.

Sabato no contestó y el chofer, ofendido, encendió el estéreo del autobús. Comenzó a sonar una cumbia desde las bocinas de la parte delantera —a ambos lados de la Virgen de Guadalupe— y de las colocadas en la parte trasera, encima de Sabato.

—Perdone —gritó Sabato—, ¿podría apagar su radio? Estoy esperando una llamada muy importante.

El chofer bajó el volumen de la música y alcanzó a escuchar: «... importante».

—Pues vete en taxi —dijo—, si eres tan importante. Miró la pantalla rota del teléfono celular barato que había sido del padre Lucas. En cualquier momento aparecerían *ellos*, en sus camionetas, con sus trajes militares; podrían hacer que el autobús se detuviera, podían hacerlo todo. Y pensó en Verónica, la posibilidad de volver a verla bajo circunstancias en las que no hubiera peligro, libre. No quería verla atada de manos, él atado de manos, amenazados de muerte, de tortura; quería verla caminar, venir hacia él, alejarse. Verla pasar, sólo quería verla pasar. Y miró la pantalla esperando la llamada de Söndag, el estómago revuelto y hambriento. El miedo era como una larva que se alimentaba de él, le producía fiebre, escalofríos, y es que no era un hombre valiente, nunca pretendió serlo. Se levantó del asiento y jaló el cable de plástico que accionaba el timbre.

Caminó a través del solar que lo separaba del fraccionamiento donde estaba su refugio. Nunca le gustaron esas hileras de casas idénticas entre sí que nunca terminaban de habitarse, a pesar del flujo de gente que llegaba a la ciudad. Eran construcciones de concreto con dos recámaras, mal orientadas, paredes delgadas, calurosas en verano, frías en invierno, cuando la temperatura podía llegar hasta menos diez grados, con sus autos polvorientos que permanecían en las aceras con la pintura desgastada por el sol, como grandes lagartos convertidos en piedra. Cubrió la pantalla rota del teléfono con una mano para mirar la hora: era ya casi el mediodía, y marcó de nuevo al número de la ciudad de México.

—Oficina del señor Söndag.

—Habla Sabato.

—Ah, el señor Sabato —dijo la voz.

Habían inventado los teléfonos celulares, el internet, billones de dólares podían transferirse de un lugar a otro en cuestión de segundos, pero la voz del secretario particular de Söndag parecía viajar a través de un cable en el fondo del Océano Atlántico.

—El señor Söndag acaba de terminar su reunión —dijo.

El grueso cable trasatlántico se cortó. La pantalla del teléfono le dijo que el crédito prepagado se había terminado. Estuvo a punto de arrojar el aparato por aquella calle donde todas las formas luminosas y polvorientas, sin bordes definidos, se habían confabulado para hostilizar a un hombre, incluso, con la paciencia de Sabato. Pero el teléfono sonó. La pantalla decía: número privado. Dudó en contestar, podían ser *ellos*, pero no tenía otra alternativa. El ruido del timbre se escuchaba en toda la calle como para anunciar (o delatar) que había alguien en ese lugar hecho de carne y hueso, vivo, con un teléfono de crédito prepagado que había pertenecido a un padre jesuita y loco asesinado días atrás.

—Habla Söndag —dijo una voz.

No era una voz con acento extranjero, como había supuesto Sabato, pero no se distinguía de la del secretario.

—Habla Sabato.

—¿En qué puedo servirle, señor Sabato?

Creía que el padre Lucas había hablado con Söndag antes de morir. Parecía imposible ponerlo al tanto, sin embargo lo intentaría, ¿qué otra cosa podía hacer? Miró hacia ambos lados de la calle, tal vez *ellos* no eran omnipresentes como lo había supuesto; tal vez había esperanza y Verónica estaba en una central de autobuses con una mochila en el hombro y uno de esos libros sobre predicciones mayas que tanto le gustaban.

—Formo parte del Gran Teatro del Mundo Nuevo —dijo.

—...

—Soy el único que queda.

—...

—*Ellos* se llevaron a todos mis compañeros.

—...

—Se llevaron a Verónica.

Esto último no se lo decía a Söndag, se lo decía a sí mismo.

—¿Dónde se encuentra, señor Sabato?

—Voy a mi casa —dijo.

—Lo comunico con mi secretario, él le dirá qué hacer.

Cuando la voz fue seguida de la misma música barroca, Sabato giró en una calle igual a la que había dejado atrás. Que se jodan, pensó, o que me joda yo. Söndag era un político, tenía secretarios, creía que podía hacerlo esperar. Años atrás había tomado la determinación de no tener nada que ver con los poderosos, de no estar en el sistema, de no pedirles nada a esos tipos, para lo cual había que ponerse un traje barato de «paga dos y llévate tres». Incluso en esa hora (en esta hora postrera, dijo una voz dentro de su cabeza); incluso en esa hora (en esta hora postrera, sí, en esta hora postrera), incluso ahora, se dijo Sabato, no le pediría ningún favor a nadie, mucho menos al tal Söndag.

Recordó que tenía un revolver en el bolsillo. Arrojó el teléfono al suelo, lo vio deshacerse, y aplastó la carátula. Corrió hasta la otra calle, pero parecía ser la misma que la anterior. Se detuvo. ¿Qué calle era esa? (en esta hora postrera, pensó, o alguien más pensó por él). Ese auto polvoriento, sin placas, de pintura carcomida por el sol y neumáticos rotos, ¿no era el mismo auto que había visto antes de girar? Sintió que sus labios estaban al rojo vivo, que su saliva se convertía en tierra. Pasó un dedo por el parabrisas del auto y marcó una cruz, el vidrio estaba casi al rojo vivo y escuchó la tierra desplazarse alrededor de su dedo. Frente al auto estaba su refugio.

Cuando llegó a la ciudad estuvo buscando un lugar donde instalarse y escogió esa casa, nunca hubo noticias de los dueños. Muchas casas estaban abandonadas porque la gente se fue cuando comenzó la guerra. El interior estaba limpio, la temperatura era la misma que afuera. El sol pegaba directamente durante casi todo el día y por la noche las paredes latían como las de un horno de pan. Había una colchoneta en la sala, junto a una botella con una vela; ahí estaba el radio de baterías, una botella de plástico con agua, y sus libros: dos tomos de la *Historia del pensamiento socialista* de Cole, un tomo de la biografía de Trotsky de Deutscher, el segundo; la *Historia de las ideas revolucionarias en Rusia* de Herzen y el *¿Qué hacer?* de Chernichevsky.

Caminó hasta el baño, donde había una palangana y una barra de jabón para ropa. Detrás del espejo del lavabo estaba el frasco de paracetamol que le dio Verónica cuando tuvo el primer ataque de fiebre en San Cristóbal de las Casas. Se echó el agua de la palangana, sin desnudarse, luego se quedó dormido sobre la colchoneta, rodeado de sombras purpúreas que no decían nada. Sus pensamientos eran esas sombras que se agitaban dentro de su cabeza, trepaban por los muros del horno de pan, a veces eran manchas de luz.

Lo despertó el timbre de un teléfono. Sabato se encontró a sí mismo en una habitación iluminada. Había vencido a la fiebre, otra vez. Miró la pantalla: número desconocido. ¿No lo había arrojado al suelo y pisoteado? Sólo tenía los rasguños de cuando el padre Lucas se lo dio.

—¿Señor Sabato?

—Sí.

—El señor Söndag me pidió que hiciera los preparativos para sacarlo de ahí.

—Estoy preocupado por Verónica —dijo Sabato.

—¿Quién?

—Verónica.

¿Es que había otra Verónica? Siempre olía a sudor, a humo de cigarrilo, no un olor fuerte. Verónica camina por los pasillos de la universidad, con un libro sobre profecías mayas en la mano. La carita morena de Verónica, el ligero bozo sobre sus labios, sus dientecillos blancos; los labios partidos, secos, gruesos, que una vez lo besaron, a él, a un viejo. Estaba convencida de que el mundo se acabaría en el 2012 porque así lo predijeron los mayas: el temblor que desplazó cuatro centímetros el archipiélago nipón, y luego el tsunami, las plantas nucleares, Muammar al-Gadaffi, todo era una señal de que los mayas tenían razón. Porque eran un pueblo que vivía en armonía con la naturaleza, decía, su calendario era mejor que el gregoriano, perfecto, tomaba en cuenta los ciclos de la luna y el sol. Sabato escuchaba con docilidad, aunque él era un marxista convencido, el último de los marxistas mohicanos. La miraba resoplar, temerosa, con el fin del mundo. Unos labios que sabían a sal, que eran sal sobre una herida, sal de la tierra, unos labios que eran una herida, una herida con sal.

Volvió en sí, aún estaba bajo los efectos de delirio, tal vez. Sin soltar el teléfono, atrancó la puerta con dos gruesas tablas de madera que había preparado para ese momento. Al fondo había una escalera que daba a un segundo piso que nunca fue construido; en la parte superior había una trampa de madera podrida por donde se metía el agua cuando llovía.

—Para eso es necesario que me dé su ubicación precisa —dijo la voz del secretario, igual a la de Söndag.

¿No se trataría de una broma? ¿No serían la misma persona?

—No, *ellos* estarán aquí muy pronto.

Es como si los pudiera sentir a través de las vibraciones del suelo. Los maderos de la puerta, la botella con la vela, el revólver, el radio de baterías —su mayor tesoro—, todo tenía su propia agitación interna. Pero no se escuchaba nada, salvo el piar de los gorriones en el patio trasero.

—Enviaremos a alguien.

Detrás de la telegrafía de los gorriones, Sabato intuyó algo, y antes de que pudiera identificarlo ya sabía que eran *ellos*.

—Debo irme —dijo Sabato.

Era inútil esperar algo de sujetos como Söndag, su enemigo de clase.

—Ya va alguien en camino —dijo el secretario antes de que Sabato colgara el celular.

Revisó el revólver como Jorge Leroy le había enseñado, el tambor estaba lleno, y se lo llevó a la sien. Ruido de los frenos, de puertas, botas sobre el pavimento. Había visto cómo lo hacían. La calle estaba cerrada a ambos lados por dos vehículos, un tercero se detendría frente a la casa. Amartilló el arma. Nunca había estado tan cerca de ellos. ¿Y si esperaba? Sabato no era un hombre valiente. ¿Y si esperaba a verlos? ¿Por qué querría verlos? ¿Para comprobar que eran humanos?

Silencio.

Puso su dedo sobre el gatillo. El chillido esporádico, monocorde, de los gorriones, le pareció insoportable. Entonces Sabato decidió que intentaría escapar. Pero la puerta se agitó de una manera seca, un espasmo; se agitó una segunda vez; intentó abrirse, pero dos gruesos tablones se lo impidieron. La tercera vez fue más fuerte, y luego un silencio de gorriones. Sabato se guardó el revólver en el bolsillo porque lo que venía era una furia a la que ningún cuerpo humano ni animal podría resistirse. Los cuerpos eran frágiles se rompían como frutas, como trozos de vidrio, de carne, de acero. Y Sabato se dio cuenta de que estaba parado frente a esa furia.

Se arrojó al suelo.

Una andanada de disparos se abrió paso entre el acero de la puerta, las delgadas paredes y las ventanas tapiadas, astillando los tablones. La casa se iluminó a través de los agujeros que dejaron las balas, pero aún así los tablones resistieron, un espasmo, dos espasmos. La habitación se llenó de polvo y astillas y el olor de la pólvora. Sabato oyó las botas rodear la casa, buscar algún resquicio. Los escuchó justo del lado de la pared donde estaba tirado. Pensó que tan sólo unos cuantos centímetros de quebradizo ladrillo lo separaba de *ellos*. Escuchó el ruido de una portezuela al cerrarse y el encendido del motor, la transmisión, el freno de mano, el acelerador, los neumáticos revolucionar sobre el asfalto, y la puerta se sacudió una vez más, la definitiva, y vio los tablones romperse y saltar.

Subió las escaleras rumbo al techo, cerró la trampa detrás de él y colocó el pasador de hierro. El aire caliente, como emanado de una gran incendio, le pegó en la cara. Hacia el noreste se podía ver el centro de la ciudad, habitada por un millón de personas, todas ellas ajenas a lo que ahí estaba ocurriendo. Alcanzó el techo de la casa vecina cuando escuchó los disparos sobre la trampilla. Bajó por la reja de una de las ventanas haciéndose daño en las manos y en los brazos. Atravesó la calle que estaba detrás y escuchó los motores ponerse en marcha. Había logrado que *ellos*, esa fuerza implacable, se movieran más de la cuenta. Se había mostrado difícil, los había hecho enojar. Ahora lo matarían más rápido o de una manera más lenta y dolorosa. Entró a un patio trasero por la cochera de otra casa abandonada, saltó la barda de un metro y medio y llegó hasta otro patio. Permaneció un momento en cuclillas, tratando de escuchar. Buscó en todas direcciones la posibilidad de subir a otro techo y agazaparse, pero no encontró nada. Sus pantalones se rompieron, sus brazos y muñecas y nudillos y las yemas de sus dedos estaban sangrando. Finalmente llegó a otra calle más (todas parecían ser la misma) y no vio rastro de *ellos*.

Intentó saltar una barda un poco más alta que las anteriores, pero no alcanzó a llegar hasta la cima en un movimiento. Su escape tenía que ver con ese impulso, con lograrlo de una sola vez, pero se quedó agarrado de los codos y las manos. Se dejó caer hacia adelante cuando oyó el disparo, uno solo, el de una pistola, y ya no pudo moverse. Por un momento pensó que si no se movía, si no respiraba, ellos lo darían por muerto. ¿Y si era cierto lo que una vez le dijo Jorge Leroy sobre la resurrección de los muertos? Había caído en el patio de una de las pocas casas habitadas, y miró a una mujer y a su hijo asomarse por la ventana. Esta lo miró con reproche, con miedo, como se mira a un delincuente, a uno peligroso, y no a una víctima, a él, que nunca en su vida había lastimado a nadie. La mujer abrazó a su hijo y se tiró al suelo. Sólo quedaron las cortinas infantiles con personajes de Disney y deslucidas por el sol. Inmóvil, Sabato olfateó su propia sangre al mezclarse con la tierra; escuchó el sonido de los motores, de las botas militares, los pitidos de los radios, pero ninguna voz humana. •

Mujeres, puros y champaña

~

Juan José Rodríguez

El empleado de confianza

Yo nunca tuve insomnio hasta la primera vez que maté a un hombre.

Antes de ese accidente, mis noches fueron tranquilas, reparadoras, ajenas a la pesadilla y al sobresalto... Nada afectaba el momento de dejar mi cabeza contra la almohada y aguardar, en virtual estado de coma, la radiante hora del desayuno.

Mi muerte nocturna fue tan perfecta que en realidad consistió en una larga vida vegetal. Más de una vez me recosté en mi cama a la hora del atardecer, despertándome sólo hasta el día siguiente, descansado y satisfecho, arrobado en tibia sensación de victoria. La ventana palpitante de luz era mi solitario trofeo.

Jamás creí que una bala iría a cambiar este paraíso soñado, lleno de sueños.

También, después de matar, estuve a punto de volverme vegetariano. Mi primer trabajo no fue cosa sencilla. Las imágenes de la sangre y la carne volvieron repetidamente a mí por varias jornadas. Por fortuna semanas después regresaron ilesos a mi paladar los antojos terrestres de toda una vida y volví con sorpresa a mis sagrados alimentos.

No diré que es rutina. Hace seis años comenzó a parecerlo.

Duré años sin que nunca el sueño volviese a ser el mismo. Sólo lo tuve hasta que conocí a don Mario Noriega, el gran lavador de dinero del grupo al que pertenezco y, por primera vez en demasiados años, tuve una borrachera exclusivamente con interminables copas de champaña. Me tomó a su servicio y con él tuve que aprender a ser refinado o parecerlo un poco. Era un hombre con un sentido del humor contagioso y no fue difícil volverme su bufón y alcahuete a la hora de llevar y traerle mujeres. Ya no regresé a las labores de vigilancia en grupo o manejar los círculos de seguridad en torno al otro patrón... El champaña, la victoria y el amor fueron los únicos elementos que me permitieron dormir tranquilo. La burbujeante bebida llegó a mi vida. Y el sueño volvió a mí al realizarse mis sueños de grandeza.

MARIO NORIEGA, EL PATRÓN

Los hombres buscan la riqueza porque ella les llevará mujeres, buenos puros y excelente champaña. A veces, creen que tener esas tres cosas ya los ha vuelto exitosos, pero eso, *eso,* es solo apariencia. Vanidad de vanidades. La riqueza nos obliga a tener guardaespaldas y tener que educarlos. El mío es un joven asesino al que poco a poco me he ido resignando y hoy se comporta con más corrección que mis empleados que fueron a la universidad y nacieron en cuna... No digo «buena cuna» porque aún en este planeta hay gente que nace en el suelo. Este tirador mío de seguro lo parieron en tierra bruta y durmió en un petate toda su infancia, pero ya se maneja como un chico Tec de Monterrey y a ratos se porta igual de altanero. Hace bien su trabajo porque conoció la pobreza. Y como si fuera un junior nacido con un padre sobreprotector, sabe armar dramas y escenas para salirse con la suya.

Durante la Segunda Guerra Mundial, sir Winston Churchill se bebió una botella de champaña a diario. Mi abuelo, contemporáneo suyo, decía que en realidad lo había hecho todos los días de su vida. Un inglés simpático que conocí en un aeropuerto me comentó que la cifra de mi abuelo estaba mal: él calculaba, según comentarios de su familia, que el legendario primer ministro se había bebido una botella diaria en la guerra y *dos* por jornada en el resto de su existencia.

Yo ahora paladeo una copa de champaña que no es de cualquier tipo. Es de la cosecha de 1914, el *anno horribilis* de la Primera Guerra Mundial, año en que las viñas se volvieron trincheras. Los alemanes arrasaron con la región de Champagne, se acercaron a las puertas de París y al replegarse derribaron las torres de la Catedral de Reims porque eran un estratégico punto de observación. Eligieron a su mejor artillero, que por fortuna era protestante en un batallón lleno de católicos germanos, y las derribó con solo dos tiros. Fue tanto el escándalo ante el ultraje que al final de la guerra la familia Rockefeller pagó la totalidad de la restauración de la joya. Pero antes de eso, incendiaron otras maravillas que también quitaban la sed del alma.

La primera batalla de esa gran guerra fue en el Marne, en plena región de Champaña. Verdún aguardaba su momento no lejos de ahí. Cosecharon la uva de ese año entre silbidos de balas. Sí, por las noches lo hicieron, de rodillas, para salvar el viñedo y varios vendimiadores cayeron fulminados, así como no escasos niños. En un momento de crisis, sin otro oficio más que ese, no quedó otra más que correr el riesgo de salvar lo único salvable, sobre todo al ver que la guerra se había estancado en un solo frente de alambradas y nubes de gas venenoso, transcurrirían largos años antes de que la invención de los tanques le pusiera motor al conflicto. Aquella fue una producción heroica y esa botella de 1914 me la ha regalado un cultivado traficante argelino con quien cerré un oportuno negocio.

Me encanta la cultura europea y la historia de la Primera Guerra Mundial. Ahora que está celebrándose su centenario, leo todo lo que le imputa.

Todo el tiempo anterior a este negocio bebí champaña barato sin saberlo. Si yo era el comprador, elegía en el supermercado la botella más ampulosa y cubierta de ribetes dorados. Claro que era adquirida con el propósito de impresionar a alguien, alguien por lo general igual de deslumbrable que yo en aquella época. En un bar o restaurante de gala simplemente llamaba al mesero y le decía «champaña, por favor» y él, solícito, burlándose de mí en sus adentros, me traía cualquier botella que nadie más osaría pedir en ese sitio, nadie más que un lego como yo. Volaba el tapón y era una felicidad perfecta. Ahora comprendo lo falsa que era, al igual que el brillo del champán que parecía reírse de nosotros desde sus copas chispeantes.

Hubo un día que las cosas ocuparon al fin el sitio que les correspondía. Maté a un hombre en Tánger y luego a otro más en Marsella. Y en el mismo barco y en la misma semana. La totalidad de la entrega fue mía. Ya no volví a matar nadie y espero no volver a hacerlo, al menos de manera directa. De todos modos, descubrí que ya no es tan difícil decidirlo si lo has hecho una vez con éxito. Y más si el resultado de la decisión fueron diez años de tranquilidad. Aunque la definición correcta sería decir que fueron diez años sin sobresaltos económicos. Cuando dejó de haber champaña, me di cuenta de que algo grave estaba sucediendo.

Y ese fue el peor año. Mi negocio se vino abajo. Una carambola internacional tuvo su efecto en lo que yo vendía. Tres meses dejé la piscina sin agua, pensando ahorrar. Otros tres meses después me quedé sin mujer. Los pocos negocios que sobrevivieron los cerraba en un club privado mientras pude pagar la membresía. Al llegar ese momento, ya no tuve grandes amigos. Mi único amigo fiel fue el guardaespaldas que contraté y aún traigo conmigo.

Habían transcurrido seis años de mi vida en los que al champaña ni siquiera lo veía de lejos. Cuando uno deja de ver a las copas de néctar amarillo entrechocarse es que algo malo está ocurriendo en la vida. Era necesario hacer algo. Comencé a lavar dinero.

Tuve grandes amigos. Por un año, piscina otra vez en mi casa; aunque la mujer que tuve entonces se quejaba del gasto de corriente eléctrica. Varias ventas cerré ahí y mis clientes se iban halagados con la sensación de haber sido atendidos con clase y estilo. Yo me dedicaba a ganar el dinero y mi mujer a gastarlo. Al año justo de que abrí «la lavandería» dejó de quejarse del recibo de energía eléctrica.

En ese interludio, volví con una mujer con la que había estado a punto de casarme. Grave error, no se deben remover las pasiones que han sido sepultadas. Los viejos amores son como una botella de champaña. Uno se compra una nueva, jamás se deben volver a llenar... Así que luego de ese fracaso, literalmente, me compré una mujer y se acabaron mis problemas conyugales.

El empleado de confianza

El primer muerto siempre es el más difícil, me confesó Iván, tres días después, al visitarme en la casa de seguridad. Imaginaba mi desesperación. No había podido llegar antes porque la huída se había complicado. Cambió dos veces de vehículo, burló una valla en la caseta de peaje, hasta que se vio obligado a abandonar el auto en una barranca y tomó un transporte en sentido contrario, soportando a un ruidoso grupo de jubilados que volvían renacidos de una excursión. Vio las noticias en una gasolinera y decidió encerrarse dos días, en un motel de paso, ante un incomprensivo televisor con exclusividad para televisión abierta.

Las dos primeras noches no dormí en lo absoluto. Acaso una leve siesta de cuarenta minutos, a las nueve de la mañana del día siguiente, y ya no pude seguir más. Tampoco sentí hambre, salvo sed, mucha sed y ansiedad después del mediodía. Volví a dormirme a las seis de la tarde y me desperté a las ocho de la noche completamente lúcido. Esa fue una semana completa en la que nunca pude dormir más de tres horas seguidas y me asestaban terribles dolores de cabeza.

Claro que acudí al alcohol. Era peor la sensación. Me daban ganas de llorar. Si estaba con mis compañeros, el resultado sería de lo más pésimo.

Diez días después, apareció la gastritis y un dolor seco en la espalda. Antes había tenido una súbita incontinencia, pero después mi colon se cerró y el malestar que me sobrevino fue el de las agruras. Sobre todo por las mañanas; a veces trasladadas a un inmediato vómito. No tenía pesadillas al principio. Un despertar sobresaltado y metálico, nada más.

Más tarde, dejé de vomitar y tener ataques de ansiedad a media noche. El dolor de la espalda se controló y creí que todo sería como antes. La recuperación había sido sorprendentemente rápida, a pesar del horror inicial. Estaba equivocado. Jamás volví a dormir como antes. Iván me dijo que mejor cambiara de giro y me pusiera a trabajar de guardaespaldas de algún hombre de negocios cercano a los nuestros. Ahí sería cosa de esperar que él ascendiera y, nosotros dos junto con él. Un modo de triunfar en la vida es adherirse a un hombre camino a la cima y, al ocurrir esto, matarlo de inmediato para ocupar su lugar, pero yo no aspiro a tanto.

Mario Noriega, el patrón

Hay amigos con una filosofía para los negocios con una lógica de picapedrero no del todo descabellada. Y es la de dedicarse intensamente durante cinco años a una sola empresa con futuro razonable. Viviendo de manera espartana. Invirtiendo todas las ganancias a expandir el negocio. Si no se claudica, ni se dejan de asumir las estrecheces, por lógica al sexto año comenzarán a cosecharse ganancias que, si se tiene talento y cuidado, pueden durar el resto de la existencia.

Yo ya no estaba para eso a los treinta y cinco años.

Hay una variante más rápida y dura. Oficios de un año o seis meses bien pagados, pero estresantes, donde la única posibilidad de no enloquecer es el futuro luminoso. Son oficios honrados como pescar salmón en los mares del norte o servir como ingeniero en minas de carbón en Alaska. Algunos amigos han hecho ese reto y vuelven con un capital que les permite montar un negocio o volver a emprender el vuelo.

El asesinato puede ser una manera de evitarse todo esto. Yo decidí hacerlo. Es cuestión de elegir el lugar y la víctima en el momento preciso. Para poder desaparecer del mercado tenía que fingir mi muerte y la mejor manera era matando también a mi guardaespaldas: él sabía todo de mí. Y debía de hacerlo en un lugar exótico, lejos de nuestro mundo en México. Sé que si aparece muerto en mi región, policías, soplones y amigos míos sabrían de inmediato que yo fui el asesino. Así que mejor sería hacerlo en el sitio más inimaginable posible. ¿París, Mónaco, Niza o Dubrovnik? Elegí Florencia, la cuna de Nicolás Maquiavelo. El fin justifica los miedos.

El empleado de confianza

No, no llegamos a Florencia. Ese viaje de negocios fue el último del señor Noriega. De tanto convivir en francachelas, viajes y trato con gente de mucho mundo, me hice amante de la esposa de Mario Noriega. ¿Sabía usted que los guardaespaldas, choferes o pistoleros de todos los hombres poderosos desarrollan siempre una obsesión por la esposa del patrón, aunque no sea precisamente una mujer bella o ambos tengan una mejor amante? Hay algo extraño en esas relaciones que se dan con el trato. A consecuencia del largo abandono, su mujer un día me hizo el amor cuando el patrón me dejó dos días en su casa, vigilándola, más que protegiéndola. Yo estaba sentando en el portón y ella nadaba en la piscina, exhibiéndome sus atributos y excelentes cirugías. Jamás me habría atrevido a dar un primer paso. Ella me emboscó al ir por una toalla, desnuda por completo.

¿Se hizo mi amante por venganza? Eso me pregunté la primera vez. ¿O acaso como un simple capricho, así como uno de repente se da el lujo de seducir a una empleada doméstica o la guapa mesera de cantina con la que bromeamos, por eso se metió con un guarro como yo, descendiente directo de Cuauhtémoc? Esa fue mi segunda teoría al ver que teníamos sexo dos veces por semana. Nunca se me ocurrió pensar que ella me quisiera: tan solo que estaba desubicada o veía el asunto (*affaire* en inglés) como una transacción comercial. Ni siquiera porque jamás me ofreció dinero o deshacerme de su esposo.

MARIO NORIEGA, EL PATRÓN

¿Cómo conocí a mi mujer? ¿Cómo compré a mi mujer? Ya dije que la primera renunció a mí al acabarse el dinero. Eso fue lo que le hizo llegar a mi mundo. No, no era una mujer interesada; fue una buena muchacha, el que antepuso el factor monetario fui yo, sin que ella lo supiese nunca. Le oculté varias semanas mi verdadera situación económica, ascendente e imbatible en aquel tiempo, para estar seguro de que era una mujer que no me aceptaba por lo que poseía... Aunque ahora me pregunto si a lo mejor ella ya me tenía identificado; alguien le habló de mi persona o detectó discretos signos de riqueza que sólo saben discernir con exactitud ciertas mujeres. De haber sido así, siguió el juego a la perfección, asumiendo un rol de acuerdo con lo que yo estaba buscando.

Yo había acumulado cinco años con buena fortuna, atrapado sin saberlo en el impersonal mundo de las ventas, mundo impersonal a pesar del trato falsamente fraterno que por sistema mantuve con mis clientes. Noté con mis colegas que una esposa es muy útil para cerrar ciertos negocios; por naturaleza un vendedor casado inspira menor desconfianza y es más difícil que huya de inmediato de la plaza. Yo insistí en mi soltería: la postura de un playboy que introduce a los clientes al mundo que él pertenece es un arma terrible. Y más si los domina con estilo y gracia. Ofrece productos que den status y revélate como usuario permanente y tus compradores querrán ser como tú.

Mercedes Benz en 48 mensualidades. Cartier de oportunidad: pague hoy o laméntelo para siempre. Hugo Boss genuino. Swatch irrompible, no me gustan los Rolex. Ermenegildo Zegna de gran calidad al tacto. Puros Cohíba de contrabando. Hasta un Ferrari de segundo mano le vendí a un gringo viejo, del que se corría la leyenda que era jubilado de la Metropolitan Opera House y, muerto de risa, me contó que en realidad había trabajado por más de veinte años como bailarín en Holiday On Ice.

Y fue en esa época que comencé a sentirme solo. No sabía el por qué. Decidí comprarme algo con calor de hogar: un reloj de pared, una chimenea eléctrica de caoba oscura o quizás un piano viejo de media cola para dejarlo en la entrada del departamento y tener la ilusión de algo acogedor al abrir la puerta. El único teclado que domino es el de una máquina sumadora, pero un piano de clase es una buena inversión. Me encaminé a una tienda departamental frente a cuyos aparadores, justamente la Navidad pasada, me había demorado ante una estancia que incluía todo aquello que acabo de enumerar.

No me convenció esa vitrina y pasé a la siguiente. Tras el velo del cristal resplandecía una lámpara cuyo dosel otorgaba a la escenografía un toque invernal. Era una sala comedor de gran clase. Manteles individuales de lino escoltados por cuchillería de plata; soporte redondo para los vasos; campana de plata para helar el champaña frente a la luz de las velas. Un hogar perfecto. Y algo que no vi la primera vez porque era totalmente armónico con el conjunto era la delicada muchacha que acomodaba uno de los portavelas individuales, de perfil hacia mí persona y dándole el acomodo con un gesto de seguridad y decoro, insensible a mi mirada. No la reconocí como empleada porque se había quitado el blazer morado que era emblemático de la tienda para moverse mejor entre la delicada escenografía. Su negra cabellera caía sobre una blusa albísima, acorde con su rostro.

Un mobiliario perfecto para llevármelo a mi sala. Quizá no se verían bien del todo los muebles sin el elemento que daba equilibrio y a la vez contraste con todo lo inanimado del buen gusto. Decidí que iba a llevarme el aparador completo a mi departamento con todo y muchacha. Sí: lo perfecto puede comprarse porque es algo que no tiene precio.

Resistí la tentación de entrar al sitio y localizar a la princesa y, adquiriendo todo de golpe, dejarla impresionada con la compra repentina y una jugosa comisión en su sobre semanal. También deseché la idea de comprar las cosas poco a poco, para irla conociendo con ese pretexto y disimular mi prosperidad. Qué genial hubiese sido llevarla al final a tomar una copa a casa y confesarle que todo se había adquirido para tener pretexto de verla una vez a la semana, a costa de grandes sacrificios.

Usé un método indirecto y la intercepté en sitio neutral. Las empleadas de esa tienda tienen fama de aspirar a casarse con un rico.

Quizás la vida funciona porque siempre nos reunimos con las personas equivocadas. Eso le da suspenso y nos da una justificación al llegar a cierta edad o al momento del divorcio. Fue una mala elección en una época de confusión, decimos para justificar un mal negocio o resumir quince años de matrimonios. ¿Por qué la otra gente prefiere una explicación sencilla para justificar la suma de pequeños errores, caprichos y casualidades que nos llevan al fracaso o a las puertas mismas de la muerte?

El empleado de confianza

Esta vez, viajamos en dos vuelos diferentes.

Nunca salgo con armas. Eso sería una tontería. Siempre al llegar a otro país, algún contacto del grupo local o sus socios me provee de un buen cuete.

Por lo general, la red de los amigos españoles se encargaban de darme una pistola al tocar tierra. Noriega tenía un departamento en Madrid donde ocultaba una Glock en el patio, junto con pacas de euros y dos pasaportes falsos.

En los países europeos es mejor usar pequeños calibres. Las armas que usamos acá son muy ruidosas y allá las casas, automóviles y muros son muy pequeñas. Además, las penas en prisión por portación de arma son más altas y los juicios más embrollados. Decidí matar a Mario Noriega de la manera más sencilla: derribarlo al bajar de una escalera. Eso lo haría en alguna de las iglesias de Florencia. A él le encantaba subir torres de catedral para ver las ciudades desde esos sitios. En Venecia, recién contratado por él, duramos casi todo un día en San Marcos. Creí que el patrón era hombre religioso; me confesó que sólo fue campanero de adolescente en el pueblo de su infancia y pasaba largas horas en la torre, huyendo del aburrimiento y buscando en el horizonte la manera de cambiar de horizonte. Desde esa torre se veían lejanos plantíos de mariguana y eso le reveló cuál sería el único camino para el éxito.

Todo me contaba el patrón. Me daba mucha confianza, pero yo nunca me la tomé. Hasta que su mujer me tomó por asalto.

Mario Noriega, el patrón

Usé la vía de Nueva York y viajé al sur de Francia. Después de Marsella tomé el tren. Me reuní en Reims, en la región de Champagne con Abdul Al Kassar, quien recibió el embarque sin hacer la menor pregunta. Brindamos con una bebida rigurosamente previsible.

Viajé a París en un vuelo chárter y ahí me encontré con mi guardaespaldas en el aeropuerto de Roissy. De ahí viajaríamos a Florencia. Quería ver la ciudad de Maquiavelo, a quien conocí leyendo un libro titulado *Maquiavelo para hombres de negocios*. Ahí me desharía de mi guardaespaldas, que con su finta mexicana, podría pasar por el cadáver de un fumeta argelino.

Todos aquellos desdichados que estudiamos carreras administrativas nos vemos condenados ante la irritación de lo que nos ponen a leer en el estudio. Aburridos manuales, estrategias para ganar falsos amigos, testimonios motivacionales escritos por náufragos que sobrevivieron seis semanas en una isla desierta o ejecutivos de compañías automovilísticas estadounidenses. Lo más interesante fue un manual para crisis que retomaba las decisiones del general Grant en la batalla de Gettysburg. Como un alivio, recibí la orden imperativa de leer biografías de los grandes hombres de la historia de la humanidad. Tomé la de mi adorado Edison y descubrí que había sido el inventor de la silla eléctrica. Luego a Maquiavelo.

Si mis amigos y enemigos encuentran muerto a mi empleado de confianza, creerán que he sido secuestrado y esperarán un tiempo, tiempo valioso que me permitirá monitorear de lejos cómo se comportan. Ahora, a esperar el tiempo correcto.

El empleado de confianza

En París me dominó el miedo. No dormí durante el viaje, no dormí las dos noches previas en Madrid.

No es lo mismo matar un desconocido que un tipo con el que has convivido por años, aunque a estas alturas ya lo detestes.

Vomité en el tren, vomité en el aeropuerto, vomité en todos los sitios. En Europa casi no hay McDonalds para pedir prestado el baño. Allá me da vergüenza entrar a una tienda y salir sin nada en las manos.

Se me desató el dolor de ciática. El patrón Mario me llevó con un médico; luego en privado me consiguió drogas potentes. Un día canceló una cita y me llevó a una plaza muy europea a descansar, ver cisnes negros —yo creía que todos eran blancos—, hombres jubilados leyendo el periódico, mujeres cuero haciendo yoga, tipos de nuestra edad jugando en el estanque con barcos de control remoto y trenzados en largas charlas sobre sus botes, muy reales, con velas y todo, algunos de ellos usaban gorros de capitán y otros boina, ¿nadie en Europa usa gorras de béisbol? Qué cosa tan idiota. Niños fresas grandes. Tan bien que estaba ese bosquecillo para fumar marihuana todo el día. Y en vez de sacar caguamas, sacan una cesta de pan y el desabrido vino tinto, con sus mujeres muy guapas, pero sin las nalgas ni los senos y las cirugías que tanto vemos por acá.

¿Qué te pasa?

No sé, esto es nuevo.

¿Tienes algún problema? ¿Alguna tía o hermana con cáncer. A veces uno siente los dolores ajenos porque el estrés nos desequilibra.

Algo hay de eso. No sé, jefe, luego me repongo.

Dime que tienes, o voy a sospechar. ¿Alguien te amenazó? ¿Traes bronca?

No, no iba a poder matarlo y decidí decir la verdad. Las verdades que me convenían. Mi imaginación conoció potro sin freno.

Patrón, no vaya a Florencia. Un compadre que tengo trabajando con unos colombianos me pasó el tip. Van sobre usted unos árabes medio españoles que desean liquidarlo. También la bronca es conmigo. No le había dicho porque aún no me han confirmado qué tan cierto es todo esto. Va a llamarme el compa más tarde. Es probable que me quieran solo a mí por problemas del pasado. Así que mejor aguante aquí dos días o pélese de plano. Yo aquí le cubro la espalda. Tenemos tanto tiempo juntos que yo *me la rajo* por usted. Eso me tiene nervioso, jodido, enfermo. Fallarle a usted por primera vez, jefe. Si fuera México o El Gabacho, allá sé moverme o pido refuerzo. Aquí no entiendo nada, aunque usted me ha traído para acá muy seguido. Me pierdo con esta gente. Aquí soy otra persona que no conozco.

El patrón me miró distinto por primera vez. Yo clavé mi vista a otro lado y vi que en el parque había un carrusel muy elegante. No entiendo por qué en Europa ponen carruseles en todos lados, pero solo carruseles. Uno siempre espera ver la feria completa, al modo de aquí, con la rueda gigante, los carritos chocones, los algodones de azúcar y el escándalo de las máquinas que los producen, así como el gentío alborotado por todos lados y hasta vendedores de cobertores voceando con micrófono. Pero aquí ponen un solo carrusel y ya, trabajando todo el día y con eso se llenan los padres y sus hijos. Junto a la Torre Eiffel recuerdo que vi uno. Y ya es todo, con qué poquito son felices los europeos. Viendo los caballitos dar vueltas y vueltas, subiendo y bajando, subiendo y bajando. Yo vengo del país de las serpientes y las escaleras; de los adoradores del sol y el sacrifico al final del juego de pelota. Allá la vida es real.

—Qué bueno que me lo dices. Vamos a encontrar la solución.

Mario Noriega, el patrón

No hay ninguna marca de champaña que se llame como Churchill, pero la posteridad en desagravio le ha concedido una marca de puros. Yo prefiero los Cohíba, la marca favorita de Bill Clinton, quien ya merece tener marca propia.

Una vez entré a una tienda en Rosarito, a unos cuantos kilómetros de Tijuana y le pedí a la vendedora que me diera un Cohíba barato. Con una sonrisa comprensiva, la chica me lo negó enseñándome de paso una gran verdad de la vida: *No hay Cohíbas baratos, así como no hay un Rolex que sea barato.* Avergonzado, compré dos cajas enteras. Esa fue la primera vez que mi guardaespaldas me vio en falta. Los dos reímos del suceso.

Un tiempo usé los Montecristo. En ciertos círculos, eran más conocidos, sobre todo porque un destacado político mexicano hacía ostentación de ellos en sus ruedas de prensa. Siguiendo con Alejandro Dumas y con Cuba, una vez en el aeropuerto de La Habana me metí en el Duty Free para saber qué tipo cosas podría haber ahí. Me hice de una carísima bebida con una marca ensoñadora: Ron Edmundo Dantés. Mi consultor de seguridad dijo que prefería el Bacardí con Coca Cola y en secreto le di la razón.

En la cárcel leí *El Conde de Montecristo*. Casi toda la literatura carcelaria. *Papillon. La isla de los hombres solos. Los muros de agua*. Sólo estuve un mes y en las celdas preventivas, en espera de que se me levantara proceso, así que leí hasta el hartazgo porque me mantuvieron aislado de los demás presos. Ya puedo decir que estuve en una cárcel. Y vaya cárcel.

Hasta dentro de la cárcel me las ingenié para tener guardaespaldas. Hoy vivo sin nadie que me siga los pasos o me beba los alientos. Camino sólo y me voy a la cama solo. Ni a mi mujer me traje a Europa. Tengo un ahorro para vivir diez años tranquilo y una parte de ese capital se reinvierte para mi vejez. Aquí en Cadaqués las rentas son caras, pero algo tiene el puerto que me recuerda la costa de Sinaloa. El verdadero éxito es hacer lo que te dé la gana sin poner en riesgo la tranquilidad. ¿O será que avanzar en el tiempo y sentir la disminución de la pulsión sexual hace que tengas más gusto por el dinero o una vida reposada y sin ruido ni escándalo?

Decidí no ejecutar a mi «empleado de confianza». Verlo enfermo y preocupado me hizo recapacitar. Le dije que mi plan era desaparecer precisamente en Europa y por eso estaba cerrando tantos negocios; quizá esos tipos de los que él hablaba planearon su asunto al saber que yo andaba viajando por todo el continente con dinero en efectivo que, en cada ciudad, transmutaba en diamantes o fondos de inversión en bancos de Zurich. Ni siquiera mi esposa, o esa inversión a la que siempre llame en público *esposa,* sabía de este asunto.

Le dije que se regresara a México; mi ruta de escape estaba lista; que le dijera a mi mujer y socios que una noche salí solo a un cabaret marroquí de Menilmontant y ya no regresé nunca. Lo único que quedó en mi habitación fue una botella de champaña vacía y mi caja de puros agotada... añade eso para dar un toque de elegante credibilidad, le dije. Incapacitado por el idioma, regresó a México pensando que yo vivía una aventura y retornaría por mi cuenta pronto. Esa sería su versión. Ya veríamos si mi esposa o mis socios deseaban mandar un investigador y levantar una petición de búsqueda a la cancillería; claro que eso es algo que no haría ninguno de ellos. Y no lo hicieron ni para cubrir apariencias.

Le di un cheque grande que podría cobrar sin problemas y nos despedimos en el aeropuerto de Barcelona. Era más que generosa indemnización. En Cadaqués me dediqué a descansar, caminar por la playa, beber buenos vinos y convivir con demás exiliados en la Costa Brava española, especialmente ingleses con dinero y devotos de ginebra Old Fashion. Pasaron cinco años. Un día que bebía un vaso de anís en la terraza, vi caminar por la playa una silueta conocida. Era mi empleado de confianza. Sí, era él. Me había encontrado.

Ya pasaron tres años más y, aunque no necesito guardaespaldas, vivo con esa sombra. Desde entonces, me sigue como perro sin dueño y atiende todas mis minucias. No me desagrada; a veces extraño hablar con alguien del mismo idioma, modismos, mañas y argucias. Ya había comenzado a extrañarlo. Ya me hacía falta alguien que sí entendiera mis chistes y supiera cuál es mi marca favorita de champaña. Solo tiene un nuevo defecto, uno que no me esperaba y a veces me da un buen susto: donde quiera se queda de repente dormido y ronca como un ballenato atrapado en una red de malla. Bueno... dicen que una secreta medida del éxito es alcanzar la vejez junto con tu guardaespaldas. Veremos qué sucede. Es mi hombre de mayor confianza. Gozo despertándolo siempre con la misma palabra mágica. ¡Champaña! •

Nadie me hace caso

~

EDUARDO ANTONIO PARRA

AFUERA EL SOL ES UNA YEMA DE HUEVO REVENTADA sobre un plato de peltre a punto de derramarse sobre las cumbres de la sierra. El viento matutino ha desaparecido y ahora el calor sofoca el canto de los pájaros, que dormitan en los árboles. Manolo se detiene un segundo en el porche; enseguida baja los escalones hacia el jardín frontal cuyos rosales están deshojados, con montones de pétalos en el suelo. No te salgas, no te salgas, ¿cómo no me voy a salir? Si nadie me hace caso. Nomás lloriquean y sacuden y barren y vuelven a lloriquear. Abre la verja procurando no hacer ruido y mira atrás. La puerta de la casa sigue cerrada, llena de agujeros, y adentro se escucha el rumor sordo del trajín de las mujeres. Al atravesar la entrada alza la cara al sol, mete las manos en los bolsillos del pantalón y camina despacio calle abajo, evitando las manchas oscuras que se mosquean sobre la tierra suelta. No te salgas, pero bien que me mandaron por los periódicos al acabar de levantarme, ¿no? Nomás cuando les conviene. Echa una mirada al pueblo. Luce desierto; nadie anda por las calles sin pavimentar. Luego contempla el camino también solitario que se extiende más allá, rumbo al valle y la ciudad, por donde se fue la troca de su padre hace unas semanas. Me mintió. Dijo que regresaba en unos días y nomás no vuelve. Murmura la maldición que le oyó al güero Alanís por la mañana. Patea una piedra, y un perro que lamía una de las manchas recula con la cola escondida. Y el abuelo ahí acostado, y todas limpiando a su alrededor, y nadie que me pregunte siquiera si desayuné. A nadie le importo. No me hacen caso. Pero si estuviera papá...

Llega adonde empiezan a apretujarse las casas, cerca de la plaza. No ha visto gente aún. Patea ahora un bote de cerveza vacío y el eco de su campaneo rebota en las paredes e inquieta a los pájaros entre el follaje. Una urraca vuela hacia la sierra, luego la siguen otras dos. Hay que lavarlo bien, dijo la tía Lola y tú, huerco, quítate de aquí, no estorbes. Y yo: mamá, tengo hambre. Y la tía Lety gritando ¡qué te largues a tu cuarto, Manuel! Se detiene frente a una banca que tiene impreso el nombre de su abuelo, *Don Manuel Villagrán*. El mismo de su padre, su propio nombre. No se sienta. Quiere seguir caminando hasta que se le pasen el coraje y esa como tristeza que le crece en el estómago vacío. Ni se dieron cuenta de que no subí a mi cuarto sino que me fui a la cocina. Pero no había nada en la estufa y Margarita y Petra tampoco me hicieron caso cuando les dije que quería comer. ¿Dónde estará papá? Entonces mira que las copas de los árboles están moteadas de tanto pájaro y grita con todas sus fuerzas la maldición del güero Alanís hasta que una parvada huye entre graznidos y aleteos.

Sonríe orgulloso. Voltea a su alrededor para ver si alguien fue testigo de su hazaña, mas sólo encuentra soledad. Todos deben andar anca Chona, alegue y alegue, como cuando fui por los periódicos. Un gruñido vibrante brota de su estómago. Luego se le sale un largo bostezo. Pos claro, si tampoco me dejaron dormir con el escándalo que se traían anoche. Contempla un par de minutos la plaza, y decide darle dos o tres vueltas para ver si se aparece alguien. En algún momento sus pasos se vuelven cada vez más cortos, hasta que pega el talón de un pie con la punta del otro, como si quisiera demorar al máximo su caminata. Gallo, gallina, gallo, gallina. ¿Además quién quiere estar en casa si todas andan de malas? Asustadas, corajudas, lloronas. Pero eso sí, ¡Manuel! ¡Ve con Chona y tráete todos los periódicos! Y ai voy yo con mi carota de muerto de hambre.

Frente a uno de los costados de la plaza, en la comisaría del pueblo, dos gendarmes lo observan serios. Son las primeras personas que ve. Uno de ellos esboza una sonrisa retorcida, extraña, igual que si se burlara de su andar; luego se mete. El otro tiene los ojos encendidos y parece que va a decirle algo, pero se queda en silencio y continúa mirándolo con furia. El agujero en el estómago de Manolo se agranda y tiene el impulso de correr, aunque el repentino temblor de sus piernas lo obliga a seguir caminando del mismo modo. Gallo, gallina, gallo, gallina. ¿Por qué estarán enojados conmigo hoy si siempre me saludan alegres y hasta me regalan cosas? También en la mañana los que estaban anca la Chona me veían feo. ¿Por qué? Yo no les he hecho nada. ¿Habrá alguien que no esté enojado este día? Gallo, gallina.

Da vuelta en un ángulo de la plaza y al advertir que unos árboles lo ocultan de las miradas siente alivio. Respira hondo. Recuerda la gran sonrisa del gendarme apenas el día anterior, cuando se le acercó para regalarle una naranja. ¿Cómo estás, Manolito? ¿Qué dice el príncipe de San Silvestre? Mira, ten, la corté del árbol de mi casa. ¿Cómo está el buenazo de tu abuelo? ¿Y tu papá todavía anda fuera? ¿No sabes cuándo regresa? Manolo vuelve a suspirar. Bosteza. De pronto un fuerte cansancio le engarrota los miembros y se dirige a una banca para sentarse. Se recarga en el respaldo de granito y, como no alcanza el suelo, abraza sus rodillas con los pies sobre el asiento. Tiene sueño. Cierra los ojos y piensa en el abuelo. El abuelo que nomás da órdenes a todos. Ese hombre altísimo, malencarado y brusco, que si se cruza con Manolo en algún pasillo de la casa, o en el jardín o en las escaleras lo envuelve en su olor a tabaco y sudor reseco en tanto le dice que haga esto o lo otro con voz autoritaria que no admite réplica. A Manolo le fascinan los bigotes que caen como aguacero sobre su boca, blancos en los extremos y amarillos en el centro a causa del humo de sus cigarros. Y lo obedece siempre enseguida por miedo a la paliza que le podrían dar esas manos enormes, aunque el viejo jamás le ha pegado.

El abuelo cuya voz de trueno escuchó entre sueños la noche anterior confundida con el griterío de los demás, los portazos, el crujir de cristales, las explosiones de los disparos y los bramidos de los motores. Un escándalo semejante al que hacían papá y sus amigos cuando asaban carne todo el día, jugaban carreras con las trocas, tomaban mucha cerveza y acomodaban las botellas vacías en la barda de atrás de la casa para tirar al blanco muertos de risa. Sólo que no recuerda haber oído risas anoche. Puros gritos y órdenes. Medio despierto pero aún dormido, Manolo tironeó la sábana hasta taparse la cara con ella. Después, como el ruidazo aumentaba, agarró la almohada grande y la untó contra su cabeza, rodeándola, mientras se acurrucaba con el corazón acelerado. Permaneció así, apretando fuerte los párpados, oyendo su propio respirar y sus latidos, hasta que creyó que la cama se mecía con suavidad, igual que el bote en que su padre lo lleva de vez en cuando de pesca, y entre la sábana y la almohada se formó un oscuro hueco a la vez tibio y protector que lo alejó de todo. Entonces disparos y gritos comenzaron a desvanecerse, el ruido de los motores se confundió con los gemidos de las mujeres en un arrullo monótono, y se quedó al fin dormido mientras pensaba que su padre ya no tardaría en volver.

—¿Estás despierto?

Abre los ojos. Detrás de la voz que escuchó, el resplandor del sol sólo le permite ver la silueta de una cabeza enmarcada por un par de trenzas. La niña se mueve a la izquierda hasta quedar bajo la sombra de un nogal, y entonces puede distinguir la cara sonriente de Lili. Un estremecimiento lo sacude antes de responder.

—No, nomás tengo los ojos cerrados porque me da en ellos el sol.

—Mentiroso, estabas bien jetón.

Se pasa la mano por la frente y la retira escurriendo de sudor. Tiene la boca seca y la piel caliente. ¿Sí me habré quedado dormido? Se me hace que hasta soñé. Deja la banca de un salto y al caer está a punto de irse de lado, mas consigue mantenerse en pie. Lili lo toca en un brazo y él siente de nuevo el impulso de salir corriendo, como si algo lo avergonzara. Cuando vuelve a mirarla a la cara, ella ya no sonríe. Más bien muestra una expresión como de lástima. ¿También anda de malas? La fiesta del abuelo anoche ha de haber hecho enfurecer a todo el pueblo. Nadie durmió bien. Por eso están así. Manolo comienza a caminar otra vez despacio y ella acomoda sus pasos para ir a su lado. Avanzan sin hablar hacia el siguiente ángulo de la plaza donde, sentadas a la sombra, dos mujeres los observan con cara de disgusto. Un pájaro entona su canto solitario por encima de ellos, y la tonada resulta lúgubre. Lili lo toca de nuevo en el brazo.

—¿Cómo están en tu casa?

—De mal humor todas. Ni siquiera me han dado de desayunar.

—¿Y tú cómo te sientes?

—Hambriento...

Lili sonríe un tanto desconcertada. Es un poco mayor que Manolo y juegan juntos desde que dejaron de gatear. Sabe que él siempre es alegre y, aunque ahora se ve serio, parece haber esperado encontrarlo con otro estado de ánimo.

—¿No estás triste?

—¿Por qué?

—Por lo de tu abuelo.

El abuelo... Manolo advierte que las mujeres que los miran no pierden detalle. Una de ellas intenta ponerse de pie como si fuera a ir hacia ellos, pero la otra la detiene del hombro y la obliga a quedarse quieta. Las dos han ido muchas veces a casa de Manolo a saludar a su mamá, a su abuela y a sus tías, y se quedan a tomar café y se ríen mucho. Y si él aparece por ahí no se cansan de decirle lo guapo que es y lo simpático, y siempre le preguntan qué quiere ser cuando sea grande. La mano de Lili, que sigue palpándole el brazo, le recuerda la pregunta. Mi abuelo. Mi abuelo qué. Está dormido en la sala y no despierta ni con los ajetreos de las mujeres al limpiar ni con sus gemidos ni con nada. Igual que siempre cuando hacen fiesta en la noche y toman cerveza y disparan contra las botellas en la barda, y luego al otro día papá y el abuelo duermen hasta bien entrada la tarde. Le va a responder eso a Lili, pero se escucha antes la voz de una señora.

—Oye niña, ¿saben tus padres que estás ahora con ese mocoso?

Lili se hace la desentendida y sigue al lado de Manolo. Su mano ya no sólo lo toca, sino lo acaricia, como si quisiera confortarlo. A él algo le oprime las costillas y se le vuelve pesada la respiración por un momento. Ese mocoso, dijo. ¿Y entonces por qué siempre me dice eres un príncipe, Manolito? Sí, es la señora Juanita. La que siempre me alborota el pelo y me dice qué bonito cuando me ve. ¿Por qué la hice enojar? Entonces mira cómo las dos mujeres se levantan de la banca, pero en vez de avanzar hacia ellos caminan a grandes trancos con rumbo opuesto, por la calle donde vive Lili, y se detienen justo en la puerta de su casa. Tocan azotando la madera con la palma de la mano. Antes de que les abran, Lili le vuelve a apretar el brazo y luego lo suelta.

—De veras, ¿cómo te sientes?

—Ya te dije que tengo hambre.

La niña lo mira y sonríe con tristeza. Voltea a su casa, donde las mujeres aún esperan a que la puerta se abra, hace un gesto de enfado y mete la mano en uno de los bolsillos de su vestido de mezclilla. Saca unas monedas y se las tiende a Manolo. Él no comprende.

—¿Y ese dinero?

—Para que te compres algo de comer.

Manolo está a punto de rechazar las monedas, pero en cuanto recuerda lo ocurrido en la tienda de Chona por la mañana opta por tomarlas. Al sentirlas en su mano, lo invade una sensación de vergüenza: fuera de sus familiares, nunca nadie le ha regalado dinero.

—Oye, siento mucho lo de tu abuelo.

Apenas termina de decirlo, Lili se aleja de él. Primero camina, después corre, aunque no con suficiente velocidad pues, tras abrir la puerta y hablar con las mujeres, su mamá ya la espera con los brazos en jarras, el ceño fruncido y un regaño a gritos que Manolo no alcanza a entender, pero sí se da cuenta de cómo la recibe a manazos y la mete en la casa a empujones. Lo último que ve, antes de dar media vuelta con ganas de llorar, son las miradas de rabia que le lanzan las tres señoras desde lejos. Aprieta en la mano las monedas hasta que le duelen los dedos. Aguántate, Manolo. Los hombres no lloran. Eso dice el abuelo y también papá. Un hombre nunca llora. Eso es cosa de viejas. Pero esas señoras no parecía que fueran a llorar. Al contrario, estaban muy enojadas.

De nuevo lo invade el impulso de salir corriendo. No lo hace, y sin embargo camina rápido, mientras el sudor le escurre por la frente y, al resbalar a lo largo de la espalda, le provoca un cosquilleo molesto. Se detiene en la esquina desde donde se divisa el camino que baja hacia el valle y escudriña la lejanía. Ya regresa, papá. Ven por favor, aquí todos están molestos conmigo. Da otra vuelta a la plaza con la vista fija en el suelo, sin voltear a ningún lado para no ver a los gendarmes ni a las señoras enojonas, en tanto piensa que no tienen por qué tratarlo mal si ha sido un niño bueno. ¿Por qué Chona se portó así conmigo también? Vengo por los periódicos, Chona, le dije. Y los que estaban en la tienda alegue y alegue sobre una balacera y no sé qué muertos se callaron al verme. Y Chona en vez de saludarme igual que siempre, miren, ya llegó el príncipe, ¿cómo estás, precioso?, me respondió enojada. A ver, enséñame el dinero. ¿Cuál dinero?, si nunca he llevado cuando voy a su tienda y siempre agarro lo que quiero y luego el abuelo o la abuela o mi mamá van y se arreglan con ella. No supe qué contestarle. Si no traes dinero ya te puedes ir largando, mocoso. Pero ahí estaba el güero Alanís, que siempre anda con mi abuelo, bien borracho, murmurando no sé qué cosas de don Manuel y tomando más cerveza. Seguro seguía la fiesta de anoche. Y entonces dijo su maldición y le aventó unos billetes al mostrador a Chona y ella, de mal modo, pero me entregó los periódicos. Y corrí a llevárselos a mi tía Lety, quien también andaba de malas, y como no me dieron de desayunar me salí de la casa sin que nadie lo notara porque nadie me hace caso.

Vuelve a detenerse porque ya el sudor le brota por toda la piel. El sol le arde en la cara. El hambre es un gusano peludo que le raspa la panza por dentro. Mira desde lejos el tendajo de Chona y recuerda los pastelillos que exhibe junto al mostrador. También hay papas y fritos. Y hasta tacos de machacado o de frijoles. La boca comienza a salivarle y palpa las monedas dentro del bolsillo. Da los primeros pasos, pero de pronto se queda quieto. No quiere regresar ahí. Chona y los demás están furiosos con él. Ahora se acuerda de que cuando el güero Alanís arrojó los billetes le preguntó entre dientes por qué le hablaba así al niño y ella, echándole una mirada fea, respondió: Porque ya no es nadie, igual que tú. No, mejor ir al estanquillo de don Ruperto, aunque esté más lejos. Lo duda por unos instantes porque sería alejarse demasiado de la casa, pero el hambre le aprieta las tripas y echa a andar decidido. Al cabo que ni caso me hacen. Seguro ni se han dado cuenta de que no estoy. ¿Cuándo irá a volver papá?

Toma una de las calles solitarias que desembocan en la plaza, y un acceso de miedo lo hace avanzar con cautela. Nunca ha ido solo por ahí. Los portones cerrados bajo el sol deslumbrante son como ojos ciegos que vigilan sus movimientos. Las casas parecen deshabitadas, pero Manolo sabe que en ellas vive mucha gente: semanas antes paseó de la mano de su abuelo y las personas salían a saludarlos, preguntándole al viejo cuándo iba a iniciar la cosecha o si no necesitaba más hombres de armas. Manolo no entendía y le preguntó qué era eso. ¿Hombres de armas?, se rio el abuelo con su voz de trueno. Son mis chalanes, los que trabajan para mí y para tu papá, y en unos años van a trabajar para ti también. Entonces Manolo recordó que el güero Alanís y todos los otros ayudantes traían pistolas clavadas al cinto y rifles de eso que hacían mucho ruido cuando tiraban al blanco los días de pachanga. Conforme avanza, el calor aumenta y el sudor le remoja la ropa. Ahora además de hambre también tiene mucha sed. ¿Dónde está la gente? ¿Por qué nadie sale a saludarme ahora? Siempre todos me quieren dar de comer y hoy nadie. ¿También los de esta calle estarán enojados conmigo?

Cuando alcanza la siguiente esquina se desorienta. Siente miedo, pero al volver la vista y ver la plaza adquiere confianza de nuevo. Estudia las calles que convergen ahí. Recuerda que cuando fue con su abuelo doblaron hacia la izquierda y dos cuadras más delante llegaron al estanquillo. Apenas los vio venir, el viejo Ruperto salió con una soda helada para Manolo y una cerveza para don Manuel. Qué gusto tenerlo por aquí, patrón. ¿A qué debo el honor? ¿Y tú, huerco? ¿Tienes hambre? ¿No quieres un gansito? Los tengo bien fríos. El recuerdo lo anima y Manolo camina con más soltura a pesar del sol. Un gansito y una soda no me caerían mal. Ojalá don Ruperto no esté molesto conmigo. Mas al llegar al final de la cuadra advierte que en dirección contraria viene el Moco, un gordo grandulón que, aunque siempre lo ha tratado de modo amistoso, no deja de darle desconfianza. Manolo hace un alto y titubea sin saber qué rumbo tomar para sacarle la vuelta, sin embargo es demasiado tarde: el Moco ya lo vio y camina directo a él con una sonrisa maligna en los labios.

Manolo se estremece. Quisiera salir corriendo, pero aunque lo intenta las piernas se le han vuelto de gelatina y no lo obedecen. Observa fascinado cómo el grandulón se acerca con grandes zancadas y, conforme lo hace, la sonrisa se le borra dejando paso a un gesto duro. El miedo lo paraliza aún más. Un cosquilleo en el vientre le anuncia que debe ir al baño. Él también está enojado. Muy enojado. Tanto que quiere pegarme. ¿Por qué? ¿Qué les hice a todos? El otro llega a un metro de distancia y cambia la dirección de sus pasos para rodearlo despacio, una, dos veces, sin apartar la mirada de su rostro que ya delata la inminencia del llanto. Manolo extraña con desesperación a su abuelo, a su padre, al güero Alanís, a las mujeres de su casa, a cualquiera que pudiera protegerlo del rencor del gordo.

—¡Quiere llorar la niña! —grita el Moco—. No me extraña nada, ahora que se quedó sin nadie que lo defienda...

Se adelanta de un salto y aferra la parte trasera del cuello de Manolo con una mano enorme y con la otra le tuerce un brazo hacia atrás, inmovilizándolo sin causarle dolor. Enseguida arrima la cara a la de Manolo y, mientras le echa encima un aliento apestoso a chamoy, le susurra con tono seco:

—¿Qué sientes de que hayan matado a tu abuelo y que ahora estés solo, cabroncete?

Manolo pierde el piso y no cae sólo porque el grandulón lo sujeta con la fuerza de la ira acumulada. No es cierto. No. Mi abuelo duerme porque anoche hubo fiesta y tomó muchas cervezas. Y no estoy solo porque en la casa están mamá y la abuela y las tías y papá no tarda en volver.

Quiere responder, pero se ha quedado sin voz. De su garganta nomás surge un gorgoreo semejante al de las tuberías cuando la cisterna se queda sin agua. El cosquilleo en el vientre se torna intenso y un líquido caliente que pronto se enfría le moja los pantalones. Manolo sabe que las lágrimas por fin escapan de sus ojos y cierra con fuerza los párpados tratando de contenerlas. Los hombres no lloran. No lloran, Manolo. Aguántate. Mas el miedo es mucho, y ahora se mezcla con la vergüenza. Deja correr el llanto y comienza a hipear.

—¡La niña se meó! ¡Y está llorando! ¿Lloras por tu abuelo muerto, maricón?

—Mi abuelo está dormido... —alcanza a balbucear Manolo en tanto el gordo lo sacude como a un muñeco.

—¿Dormido? ¡Ja! ¡Si anoche los sicarios de los Equis le metieron como catorce balas de cuerno de chivo! Me lo dijo mi viejo. Y tu papá ya no va a volver tampoco porque lo agarraron los de la federal y lo tienen entambado. ¿Entiendes, maricón?

—No... no es cierto. Mi mamá... —el llanto y la mano del gordo que se cierra con más fuerza en torno a su cuello le impiden hilar las palabras—. Me dijo mi mamá... que no tarda...

—¡Rodrigo! —el grito en voz de mujer se escucha a lo lejos, y Manolo recuerda que ese es el nombre del Moco—. ¿Dónde andas?

—¡Ya voy! —responde el grandulón, y enseguida pega de nuevo su boca a la oreja del niño—. Ahorita regreso a terminar contigo, cabroncete, para que entiendas que ustedes los Villagrán ya no son quienes mandan aquí.

Se aleja corriendo mientras Manolo hace esfuerzos por recuperar la energía en las piernas y no venirse abajo. Cuando lo consigue, mira la mancha oscura de la orina en su pantalón y percibe cómo el rostro se le calienta al enrojecer. Aún llora, aunque el llanto disminuye poco a poco. Miente. El Moco miente. Papá dijo que volvería muy pronto y el abuelo duerme la borrachera de la fiesta de ayer. Da unos pasos y la sensación de la tela húmeda adhiriéndose a la piel de las piernas vuelve a avergonzarlo. Quiere llegar a su casa y echarse en brazos de su mamá, pero no recuerda la calle en que se halla. Mamá, ven por mí. Mira a su alrededor y cree reconocer las puertas cerradas de la calle bajo el sol. Comienza a andar con pasos inseguros. ¿Y si es cierto? ¿Si el abuelo está muerto y no dormido? Pero entonces papá tiene que volver pronto. ¿Qué será eso de que lo entambaron? Conforme avanza, la humedad del pantalón deja de incomodarlo. Mete las manos en los bolsillos y palpa las monedas que le dio Lili. Camina rápido. Quiere preguntar varias cosas a su mamá, a sus tías, a su abuela.

Se da cuenta de que tomó la calle equivocada al pasar por una ventana desde donde la mamá de Lili lo observa. Por un instante se siente perdido de nuevo, hasta que ve cómo una parvada de urracas deja las ramas de los árboles para elevarse entre un coro de graznidos. Ahí está la plaza. Aunque a su alrededor sigan los gendarmes y las señoras regañonas y los alegadores del tendajo de Chona y la misma Chona enojada que le dijo mocoso, de ahí podrá llegar a su casa sin problema. Necesito pantalones limpios. Y que me den de desayunar, aunque ya mero es hora de comer. Y que el abuelo despierte y me diga que papá va a regresar pronto. Ya no llora. Sólo quiere ir con su mamá. Pero a medida que se acerca a la plaza advierte que en la esquina desde donde se mira el camino hacia el valle hay varias personas.

De nuevo disminuye el paso cuando entre ellas alcanza a distinguir a los gendarmes, a Chona, al padre del Moco. Los que están enojados con él. El miedo vuelve a enroscársele en el estómago. Otra vez las ganas de llorar. Ya no quiere regaños ni miradas de enojo. Entonces ve que entre los que se agrupan ahí se encuentra el güero Alanís, y siente alivio porque sabe que si los otros tratan de hacerle algo él los va a detener, por algo es ayudante del abuelo. Sí, el güero Alanís, el mismo que ahora se pone la mano abierta sobre los ojos para taparse el sol, el que de repente sonríe muy contento y pega un par de brincos y con la pistola en la mano suelta unos aullidos como los del abuelo cuando en las fiestas los músicos le cantan esos corridos que tanto le gustan.

—¿No que no, cabrones? —grita el güero carcajeándose—. ¡Se los dije! ¡Ora si los quiero ver igual de machitos y valientes! ¡A cuadrarse otra vez, putetes de mierda!

Los demás ya no parecen enojados, sino temerosos. Asienten y se alejan con la cabeza gacha mientras el güero Alanís continúa aullando y agitando la pistola en el aire, sin dejar de mirar el camino. Entonces uno de los gendarmes, el que lo miraba hace rato con rabia, se cruza con Manolo en la orilla de la plaza y le sonríe nervioso y le alborota el cabello al decirle: ¿Cómo vas, campeón?, antes de cruzar apresurado la calle hacia la comisaría. Manolo se alegra de que por lo menos uno ya no esté molesto con él. Se distrae mirando cómo otras aves alzan el vuelo desde los árboles, cuando escucha la voz de Chona: ¡Guapo! ¿No quieres venir a tomarte una soda bien fría? Manolo está a punto de responder que sí, que se muere de sed, pero lo detienen el sonido de unos pasos encarrerados y unos gritos detrás de él:

—¡Maricón! ¡Cabroncete! —es el Moco que se acerca—. ¡Ahora sí no te me escapas!

Pero antes de que le dé alcance, el padre del gordo se desprende del grupo e intercepta su carrera con una cachetada que lo frena en seco.

—¡A ver si aprendes a dejar en paz a este niño, muchacho baboso!

Y lo hace dar media vuelta a punta de coscorrones, y lo patea en las nalgas y se lo lleva a su casa a puros estirones de greñas, mientras Manolo contempla asustado la escena, sin entender qué ocurre. No tiene tiempo de pensarlo porque otras personas pasan a su lado y le acarician la cabeza y le dicen pobrecito, perdiste a tu abuelo, pero ya no vas a estar triste porque todo se va a arreglar, y le sonríen y alguna señora le dice guapo y otra le dice príncipe y le acaricia las pestañas como lo hacían siempre antes de enojarse con él. Entonces otra nube oscura de pájaros inicia su vuelo en círculos encima de la plaza, y Manolo escucha la alegría de sus cantos y piensa que si ya le hubieran dado de desayunar el día sería perfecto.

Mira de nuevo a la esquina donde nomás queda el güero Alanís, que le hace señas para que se acerque con la mano donde sostiene la pistola. Manolo avanza hacia él, y apenas va a preguntarle si es cierto que su abuelo está muerto y no dormido, cuando el güero lo abraza al tiempo que suelta otro aullido feliz. Luego se clava el arma en el cinto y alza al niño sobre su cabeza para que vea mejor y con un dedo le señala allá abajo un recodo del camino. Manolo al principio no distingue nada, pero de pronto ve aparecer una camioneta negra, dos, tres, toda una hilera de vehículos que se dirige hacia San Silvestre. Entonces su corazón se acelera y un cosquilleo alegre empieza a desparramársele por el cuerpo, cuando en el centro del convoy reconoce la troca de su padre, y a él agitando la mano desde la ventanilla para saludar a Manolo.

—¿Ya viste quién viene llegando a poner orden de nuevo, Manolito? —le pregunta eufórico el güero Alanís.
—Sí, mi papá.

Manolo quiere gritar, aunque la emoción le cierra la garganta y sólo le permite sonreír mucho porque sabe que en cuanto su padre baje de la troca frente a su casa lo abrazará muy fuerte, lo llenará de besos rasposos en las mejillas y ordenará que de inmediato, a la de ya, alguien vaya a la cocina a prepararle el desayuno a su hijo. •

Narcocuentos

~

SEMBLANZAS DE LOS AUTORES

Alejandro ALMAZÁN (Ciudad de México, 1971). Narrador y periodista. Ha sido miembro fundador de *Macrópolis*, CNI-Canal 40, *Milenio Semanal*, *Milenio Diario*, *La revista* y *Emeequis*. Además, ha trabajado para los diarios *Reforma* y *El Universal*. Actualmente colabora en la revista *Gatopardo*, en el Grupo Milenio y en el diario *El Mundo*, de España. Ha ganado tres veces el Premio Nacional de Periodismo en la categoría de crónica. Ha ganado, también, el Premio Nacional Rostros de la Discriminación, otorgado por la Sociedad Interamericana de Prensa y el Fernando Benítez. Es autor, entre otros libros, de *Entre perros* (Mondadori, 2009), *Gumaro de Dios, el caníbal* (Mondadori, 2007) y *El más buscado* (Grijalbo, 2012).

Bernardo Fernández (Ciudad de México, 1972). Escritor, historietista y diseñador gráfico. Con su novela *Tiempo de alacranes* (Joaquín Mortiz, 2005) ganó el Premio de Novela Policiaca Otra Vuelta de Tuerca y el Premio Memorial Silverio Cañadas, en la Semana Negra de Guijón. Con *Hielo negro* (Grijalbo, 2011) se hizo acreedor del Premio Internacional de Novela Grijalbo 2011. Entre otros libros y novelas gráficas ha publicado *Ladrón de sueños* (Almadía, 2008), *Ojos de lagarto* (Planeta, 2009), *Espiral, un cómic recursivo* (Alfaguara, 2010), *¡Cielos, mi marido!* (Resistencia, 2011) y *Cuello blanco* (Grijalbo, 2013).

Rogelio Guedea (Colima, Colima, 1974). Abogado criminalista y doctor en Letras Hispánicas. Es columnista en SinEmbargo Mx y *La Jornada Semanal* y autor de la «Trilogía de Colima», publicada por Penguin Random House e integrada por las novelas *Conducir un tráiler* (2008/Premio Memorial Silverio Cañada 2009), *41* (2010/Premio Interamericano de Literatura Carlos Montemayor 2012) y *El Crimen de los Tepames* (2013). Actualmente coordina el programa de español de la Universidad de Otago (Nueva Zelanda).

Julián Herbert (Acapulco, Guerrero, 1971). Es poeta y novelista. Su novela *Canción de tumba* (Mondadori, 2011) se hizo ganadora del Premio Jaén de Novela Inédita y el Premio de Novela Elena Poniatowska en 2012. Fue publicada en Francia por 13e Note Éditions y está siendo traducida al inglés, portugués e italiano. Entre otros premios literarios ha ganado el Premio Nacional de Literatura Gilberto Owen 2003 y Premio Nacional de Cuento Juan José Arreola 2006. Algunos de sus libros son la novela *Un mundo infiel* (Joaquín Mortiz, 2004); la colección de relatos *Cocaína: manual de usuario* (Almuzara, 2006); y en poesía: *Kubla Khan* (ERA, 2005) y *Álbum Iscariote* (ERA, 2012).

Antonio Ortuño (Zapopan, Jalisco, 1976). Es el único mexicano elegido por la revista británica *Granta* entre los mejores 22 narradores jóvenes en español en el año 2010. Fue finalista del Premio Herralde de Novela con *Recursos humanos* (Anagrama, 2007). Es autor de otras tres novelas: *El buscador de cabezas* (Joaquín Mortiz, 2006, reeditada por Ediciones B en su colección de bolsillo), *Ánima* (Mondadori, 2011) y *La fila india* (Océano, 2013); y dos colecciones de historias: *El jardín japonés* (Páginas de espuma, 2006) y *La señora Rojo* (Páginas de espuma, 2010). Sus libros se han traducido al italiano, al francés y al rumano.

Eduardo Antonio Parra (León, Guanajuato, 1965). Ha obtenido varios reconocimientos, entre ellos el Premio Internacional de Cuento Juan Rulfo, convocado en París por Radio Francia Internacional el año 2000. Ha sido becario de la John Simon Guggenheim. Es autor de los libros de relatos *Los límites de la noche* (ERA, 1996), *Tierra de nadie* (ERA, 1999), *Nadie los vio salir* (ERA, 2001), *Parábolas del silencio* (ERA, 2006), *Desterrados*

(ERA, 2013) y *Ángeles, putas, santos y mártires* (ERA, 2014), y de las novelas: *Nostalgia de la sombra* (Joaquín Mortiz, 2002/Tusquets, 2012) y *Juárez, el rostro de piedra* (Grijalbo, 2008). Sus libros han sido traducidos al inglés, francés, portugués e italiano, y algunos de sus cuentos han aparecido también en alemán, danés, húngaro y búlgaro. En 2009, la mayoría de sus cuentos fueron recopilados en el volumen *Sombras detrás de la ventana* (ERA, 2009), libro que obtuvo el Premio de Literatura Antonin Artaud 2010, otorgado por la Embajada de Francia en México.

Ricardo Ravelo (Carlos A. Carrillo, Veracruz, 1966). Fue reportero de la revista *Proceso* durante doce años, en los cuales adquirió renombre por la novedad y fuerza de sus historias. Es autor de seis libros sobre crimen organizado. En 2008 obtuvo el Premio Nacional de Periodismo y en 2013 se le concedió el Premio Rodolfo Walsh, en España, por su libro *Narcomex*. Actualmente prosigue sus investigaciones y es director general de la revista *Variopinto*. Sus libros han sido publicados en México, Estados Unidos y España con notable éxito de ventas.

Juan José Rodríguez (Mazatlán, Sinaloa, 1970). Es autor de las novelas *Asesinato en una lavandería china*, *El gran invento del siglo XX*, *Mi nombre es Casablanca* y *Sangre de familia* (Planeta, 2011). Actualmente es miembro del Sistema Nacional de Creadores de Arte. Ha incursionado en la crónica de viajes y recientemente realizó un recorrido por el desierto del Sahara con una caravana comercial, vivencia que hoy plasma en un nuevo proyecto. También ha desempeñado labores de difusión de las artes y actividades de protección del medio ambiente, tema con el que en la actualidad trabaja en una nueva novela ecológica de aventuras: *Máster Tsunami.*

Daniel Espartaco SÁNCHEZ (Chihuahua, Chihuahua, 1977). Su primera novela, *Autos usados* (Mondadori, 2012), fue seleccionada como la mejor del año por la revista *Nexos* y ganó el Premio Bellas Artes de Narrativa Colima para Obra Publicada 2013. Entre otros premios ha ganado el Nacional de Literatura Gilberto Owen 2005 y el Nacional de Cuento Agustín Yáñez en 2009. Algunos de sus libros publicados son: *Cosmonauta* (FETA, 2011), *Bisontes* (Nitro/Press, 2013); y una novela policíaca: *La muerte del Pelícano* (Ediciones B, 2014); escrita en colaboración con su hermano, Raúl Aníbal.

Índice

NARCOCUENTOS

fue compuesto con familias de Garamond Premier Pro y
se terminó de imprimir y encuadernar en septiembre de 2014
en Quad/Graphics Querétaro, S. A. de C.V.
lote 37, fraccionamiento agro-industrial La Cruz
Villa del Marqués QT-76240

—

Yeana GONZÁLEZ, coordinación editorial;
Gilma LUQUE, edición;
César GUTIÉRREZ y Alma BAGUNDO, corrección;
Antonio C. LANDEROS, maquetación y diseño de cubierta.